献给我的父亲苏二小、母亲郭二鱼、哥哥苏金生

献给我的爱人和六个孩子

献给和林格尔的土地和岁月

献给生我、养我的好来沟村

我 80 多岁了,年迈的老人总是容易丢失记忆

还记得的一些事,要讲给孩子们听

人哪,都有来处……

渡浑河

苏润生 口述
吕 慧 整理

责任编辑　陈　一
责任校对　王君美
责任印制　陈震宇

项目策划　常　遇　魏　娟
装帧设计　周伟伟

图书在版编目（CIP）数据

渡浑河 / 苏润生口述；吕慧整理. -- 杭州 ： 浙江摄影出版社，2025.3. -- ISBN 978-7-5514-5358-5

Ⅰ．I25

中国国家版本馆CIP数据核字第20255LS429号

DU HUN HE

渡浑河

苏润生　口述
吕　慧　整理

全国百佳图书出版单位
浙江摄影出版社出版发行
　　　　地址：杭州市环城北路 177 号
　　　　邮编：310005
　　　　电话：0571-85151082
　　　　网址：www.photo.zjcb.com
制版：杭州舒卷文化创意有限公司
印刷：浙江海虹彩色印务有限公司
开本：880mm×1230mm　1/32
印张：7.25
字数：150 千字
2025 年 3 月第 1 版　2025 年 3 月第 1 次印刷
ISBN 978-7-5514-5358-5
定价：69.00 元

目 录

代　　序　渡浑河，渡人生　　　　　　　　　　001

第 一 章　小时候　　　　1941年 ———— 005
第 二 章　母亲和狼　　　1943年 ———— 013
第 三 章　父亲的逃亡　　1944年 ———— 019
第 四 章　树杆和钟　　　1946年 ———— 025
第 五 章　新与旧　　　　1949年 ———— 035
第 六 章　分家　　　　　1958年 ———— 043
第 七 章　停课　　　　　1961年 ———— 055
第 八 章　我的婚事　　　1964年 ———— 061
第 九 章　向老鼠"借"粮　1969年 ———— 071
第 十 章　新店子修造厂　1972年 ———— 077
第十一章　地震以后　　　1976年 ———— 083
第十二章　哥哥的九十亩地 1978年 ———— 097
第十三章　父亲去世　　　1986年 ———— 107
第十四章　浑河　　　　　1986年 ———— 117

第 十 五 章	自立门户	1987 年	125
第 十 六 章	毕业生	1989 年	135
第 十 七 章	母亲去世	1989 年	145
第 十 八 章	哥哥的孤独	1991 年	153
第 十 九 章	爱人同志	1996 年	161
第 二 十 章	和林格尔县城	2004 年	171
第 二十一章	杭州	2008 年	181
第 二十二章	哥哥去世	2010 年	187
第 二十三章	两兄弟	2013 年	191
第 二十四章	澳大利亚	2018 年	207
第 二十五章	尾声	2023 年	213
附　　　录	传记年谱		219

代 序

渡浑河，渡人生

日出日落，光芒碎银般撒满浑河。

浑河环抱草原、树林，环抱羊群和栖鸟，环抱和林格尔的县城和乡村，更环抱我们祖辈辽阔的时光与生命。

从未干涸，从未止歇。

我的父母带我渡河，我背着我的爱人渡河；

我的哥哥带来钱和粮食，牵着马车一趟趟渡河；

我年迈的父亲也隔三岔五挑着担子渡河，给孩子们送来金黄的杏子、五彩的糖果；

孩子回村也渡河。

浑河是我们的生活与地理坐标。"渡"这个词既是我们蹚过这条母亲河的一段段过往，又是我们历经艰难坎坷，努力度完这一生的见证，更是祖辈之间、手足之间、乡邻之间互相渡一程的机缘与使命。

渡浑河，渡人，也渡己。

人生暮色将尽，八十载时光微小寻常，却也壮美如草原繁星。

将我的一生写成一本书是我的夙愿，却一直不敢下笔。是孩子们的孝心和执意，最终鼓励我完成这样一本十万字的书稿。反复读这些文字，依然禁不住感慨万千，几欲落泪。在一个个过往的故事里，我与曾经的我、与我的父母、与我的哥哥再次面对面相见，恍如隔世，情绪与情感浓烈依旧。

一个来自偏远内蒙古乡镇的普通老人，幼年以土中刨食糊口，成年后以电焊劳作养家，在电光花火中见证了一个时代，也竭尽所能将六个子女抚养成材。孩子如同新的种子，走出家乡，走进和林格尔县城，走向遥远的外省，甚至走向更遥远的外国定居。他们走向了自己崭新的命运和土壤，我以子孙们成器为傲。

人都是有根的。

以跨越和林格尔内的浑河，当我生命的见证，当你们遥望的坐标。

我希望我的孩子们记住，自己从何而来。

心里、骨子里要装着故乡的大草原与大河，永远开阔大气，有承接一切的力量和生命力。

这是地缘文化、家族文化刻在我们骨子里的基因。

我们老一辈言传身教的智慧，就是以财养家、以德旺家、以学兴家、以勤持家。

把小家过好，把大家顾好，如有余力，再去承担更多的社会层面的责任和义务。

如此方不负此生。

这本书，是我人生的备忘录，是你们不曾体验和想象过的一个时代下的生存日常。它记录的一些生活细节和片段，并无波澜起伏、曲折蜿蜒的离奇故事，亦无人生智慧的说教，只有坦诚和真实。它与其他人或许毫不相干，也毫无意义。但我知道，于我的子孙而言，父辈和祖辈的记忆和人生，是珍贵的宝藏，是溯源，是寄托，是深深的血缘亲情与无法言说的爱。

欢迎孩子们多回故乡，回来吃莜面，吃我们老人包的羊肉饺子，吃和林格尔的炖羊肉，大口吃。

人生鲜活畅快。

吾儿立业，吾孙成材，皆是事业顺达，和和美美。

吾辈无憾。

第一章

小时候 1941年

我们的家族扎根在和林格尔。

和林格尔在内蒙古中南部,山西杀虎口外,以前人称"塞外"。五丘三山二分川,丘陵峡谷绵延,浑河与黄河相汇,黄土高原与内蒙古高原接壤,往西北走,就进入无边无际的润泽草原。

"和林格尔"是蒙古语,意思是二十间房,清代时这个地方是个驿站,有二十间房子。县城下面有很多地名是蒙古语;"七圪台村"意思是潮湿的地方,"什不斜气"意思是有鸟的地方,"古力半村"意思是三角形的村落,"恼木七太村"意思是射箭手的家。

县城有蒙古族人,有汉族人。蒙古族人居住的村落往往用蒙古语命名,汉族人居住的村落就用汉语命名。我们住在好来沟村,这里住的大部分是汉族人。听说好来沟以前叫壕赖沟,到了新中国成立前后,人们为了好记好写,名字干脆改为好来沟。

我们的祖先在明末清初的时候从山西吕梁地区的岚县迁来，带来山西的生活习惯，到我这一代已是第六代。我爷爷弟兄三个，老大叫苏太蝉，我爷爷是老二，叫苏双蝉，老三叫苏俄蝉；祖爷爷以上就不知道了，因为没有家谱，无从考证。我们这一代，从叔伯十四个，亲叔伯八个，现在只有我和我的从叔伯哥哥苏爱生还在世，他今年九十岁，我今年八十三岁。

我出生的时候，日本侵略者已经占领了和林格尔。

1941年农历六月十三日，母亲在生我的至难时刻，绝望中喊的是："到底要不要这个孩子？！"

怕饥饿，怕战争，更怕养不活孩子。

给母亲接生的是村里的一个老太太，老太太安慰我母亲："还是要吧，是个男孩。饿不死你，就饿不死他。"

就这样，我被留了下来。

母亲给我取名——苏润生。

我还有一个哥哥和一个姐姐。我姐姐叫苏爱花，1930年正月初三出生，大我十一岁。家里实在太穷，养不起孩子，姐姐八岁时定了娃娃亲，给别人做了童养媳。男方给了三十六块钱的蒙疆票做彩礼，我没看到过，不知道值多少钱。

姐姐几乎每年年关都要回家里来看望父亲母亲，然后急匆匆赶回婆家。我跟姐姐接触比较少,总是拿好奇的眼神打量她,猜想和关心她过得好不好。姐姐是我血脉相连的亲人,我们之间却只能有这样少而又少的隔空相望的稀薄缘分。

而我与哥哥苏金生朝夕相伴一生。

哥哥1933年农历四月初一生,我出生时,才八岁的他已经像个大人,支撑起这个家,是我心里亦父亦兄的存在。

因为小时候很少见到父亲,我对哥哥的仰望和依靠更多些。

父亲叫苏二小,母亲叫郭二鱼。父亲兄弟姐妹四人,上面一个姐姐(也就是我的姑姑,我实在不记得她的名字)、一个哥哥,下面一个弟弟。父亲在三兄弟里排行老二,哥哥叫苏八三,弟弟叫苏三小。

父亲精明能干,身高一米八,很帅气,很有头脑,口齿伶俐,虽然没什么文化,但从相貌上看,不像一个农民,走起路来腰板挺直、昂首挺胸,更像一个教书先生或生意人。可惜的是,受当时不好的环境影响,他染上抽大烟的习惯,毁了大半人生。

因为父亲抽大烟,家里几乎没能留下值钱的东西,能变卖的都被他变卖了。

村里就数我们家最穷。

父亲常年寄宿在各个亲戚朋友家,很少回来,偶尔十天半个月,冷不丁地回来一次,往往板凳还没焐热,一转身,人又消失不见。

母亲大概很爱我父亲,跟他这一生这么辛苦,从来没有想过离开或改嫁。有人给我母亲说:"你男人没得指望了,日子咋过得下去,为啥不离开这个家呢？"

母亲毫不犹豫地回答："我怎么能丢下自己的家、自己的孩子呢？！"

话是这么说，在旧社会，男人女人分工明确，男人主外，赚钱养家；女人主内，相夫教子。母亲没有赚钱的能力，养家的担子就落在哥哥身上。

爷爷和奶奶去世得早。大伯家有三男一女，我们家是两男一女，三叔家是三男一女。父亲因抽上大烟，干活少，甚至不干活，兄弟们也管不了，所以分了家。分家时，财产没有明确划分，只是把所有的土地分成三股，大约每家分得三十多亩地。三叔住两间正房；大伯和我们住三间土坯窑，大伯住西窑，我们住东窑，中间一间窑两家共用。

分家时我没有印象，家里只有母亲和哥哥。父亲经常不在家，地也不种了，我大伯和三叔于心不忍，在南湾让出二三分地给我父亲。

我记得每逢后山地区的卓资山中旗一带秋天莜麦成熟的季节，父亲去割莜麦，打点零工。来回两三百里的路程，靠人力往回背三四十斤的莜麦。细想起来，父亲也很不容易，有时做点小买卖，换点粮食，维持家用，就这样吃不饱饿不死；有时候家里也会断粮，揭不开锅。

所以，吃的粮食满足不了我们的生活所需。那时候家里没有什么瓜果蔬菜，也没有多少粮食，我们靠吃野菜为生。一到春夏之季，母亲和哥哥就带上背篓出去挖野菜，如苦菜、蒲公英菜。榆树开花时有榆钱，我们困难的时候还吃过榆树皮，配上有限的一点米面过日子。到了秋天，年蓬（即沙蓬草）的草籽成熟了，我们就吃年蓬籽，只要是人能吃的东西就成。

有一次，我哥哥在西梁拔年蓬，碰见同村的一个老人，他问哥哥："你干啥？"

哥哥说："拔年蓬。"

老人骂："你们母子，眼睛灰豆豆，还能看见个年蓬？"

哥哥知道对方明显是看我们日子过得很穷，故意拿话呛我们，但他不敢作声，毕竟他才十来岁。

好来沟山大沟深，出门就爬坡。新中国成立前一般梁地（指山上的地）每亩能收一公斗，一斗粮按惯例是三十斤。几乎没有水地，只有零星一些旱湾地。每逢荒年旱月，起早贪黑勤快一点的人家能闹个自足，或少量有余；一般人家还是只够吃半年的粮食，剩下的吃糠咽菜。

村里的孩子几乎个个头大肚子大，也就是后来大家所说的"大头宝宝"，主要是营养不良造成的。

到了冬天，山上没有野菜，我们接着吃晒干的野菜、灰菜和狗尾巴草的草籽。我们将狗尾巴草的草籽收集起来，碾碎了吃。狗尾巴草的草籽像小米粒一样。当然，条件好一些的家庭还能吃到一些谷子、黍子、莜麦、高粱和豆类作物。人们常说：人哄地皮，地哄肚皮。那时候土地很贫瘠，长不出多少粮食，人们完全靠天吃饭。而且，从我记事以来一直是兵荒马乱，东躲西藏。这边刚把日本侵略者赶走，那边国民党来了，紧接着土匪来了，农民根本没法种地。

谷子、黍子和豆类比较常见，莜麦和高粱是我们这里的特产。莜麦可以做莜麦面，长在荒地里感觉像是杂草，红彤彤一片。这里的高粱跟南方不一样，南方的高粱瘦高瘦高的，高粱穗不大；但在我们这里，高粱矮胖矮胖的，高粱穗非常粗大，产量也高。

放在现在，高粱穗都是做成猪食喂猪的。但在那时候，我们把高粱籽的壳碾碎，碾成糠，做窝窝头吃。

母亲和哥哥把夏天挖的野菜晒干，和糠掺在一起，做成窝窝头充饥。这种东西放在现在实在难以下咽，吃不进去，拉不出来，是很痛苦的。但那时候没得选，只能吃这些。

印象中，能称之为粮食，并且是我吃过、觉得最美味的东西就是猪肉。到了年关，村里放鞭炮，杀猪吃猪肉。有一年，我们家也杀了一头猪——或者不能说是"一头"，因为那猪实在太小，养了没多少重量，只有十六斤重，比现在家里养的猫略大一些。这种小猪身上哪里有肉？吃不了几口。

从我出生起，吃的就是野菜、灰菜、糠，住的是黑暗、阴冷、潮湿的窑洞。

的确，村里到处是窑洞，到处沟壑纵横，随便往哪里一躲就找不到人。如果再往北一百公里，就是无边无际的大草原，就是风吹草低见牛羊的敕勒川，平坦绵延无尽。

我们都说，窑洞是我们的第一代房子，藏在几百米深的山沟底部，条件最差。我们就像蚯蚓一样，生活在暗无天日的泥土里。

第二代房子是把窑洞从山沟底搬到地面上，条件好转很多，房间里终于有了窗户、光线，透光透气。

第三代房子就是1949年新中国成立以后，我们在地面上建的土坯房，类似砖瓦房。但建筑风格还是完全参照窑洞的样式，只是有了木制门窗和房顶。

抗战前，村里两百多户人家都居住在山沟底部的窑洞里。到现在已经七八十年过去，经过风吹雨打，很多窑洞已经坍塌，没有留下任何痕迹。但在距离和林格尔县城几公里处，有一片山沟像蜘蛛网一样纵横交错，山沟斜坡上到处都是黑黢黢的窑洞洞口。

实际上这些窑洞早已没人居住，建造在山沟里的这些窑洞是我记忆里最早的一批窑洞。条件很艰苦，我们在临近山沟底部大概十米不到的斜坡位置，凿出一个洞，顺着洞口接着往里面凿出几个房间。

后来，随着大家条件稍微有些改善，窑洞从山沟斜坡深处搬到地面上。人们选择靠近路边的土坡，依据有利的地理位置建造窑洞，这批窑洞更接近我们现在居住的房子。除了房顶是土坡以外，其他与现在的房子并没有什么区别。当然，窑洞里的空间更大更开阔。洞口有木头做的房门和窗户，窑洞内也比过去干燥很多，通风透气，光线充足。

很多窑洞到现在仍然保存完好。

我两三岁的时候得过一次肺炎，差点死掉。

那时候这个毛病不叫肺炎,叫胸喉。我自己并不记得得肺炎的事了,只是后来听说一看我不行了,村里头有个人跟我父亲说,他有个凶险的法子,要不要试试,就当是死马当活马医了。父亲权衡再三,信了这个人。那人在我背上开刀,放了好些血(听说是蒙古族的一种放血疗法)。

那时候没有消炎药,医疗条件很差。我哥哥出去捡柴火,他知道我病得挺厉害,中午回来,到了家门口也不敢进屋,竖起耳朵听母亲哭了没有。如果听见母亲哭,说明我死了;要是没有听见母亲哭,说明我没有死。

当然,这些事情我没有任何印象,都是哥哥后来告诉我的。

当天回来后,哥哥没有听到母亲的哭声。他料定我还活着。

是的,我活下来了。大概过了段时间,我渐渐康复了。

第二章

母亲和狼 1943 年

1943 年,深秋。

在大西梁凹地势低矮的山坳里,母亲和三叔苏三小还有三婶一起帮别人家收秋(秋天收割庄稼),拔胡麻的时候遇到两只狼。其中一只狼从南面三四米高的土坡上一个弹跳,往母亲身上扑了过来。另一只狼站在土坡上静静地观望。没有人知道这两只狼是兄弟,抑或是父子,还是夫妻。但看上去,一只温顺,一只凶残。

狼扑上来的时候,母亲距离三叔三婶十几米远。三叔三婶干活手脚麻利,走在前面。母亲手脚慢,远远落在后面。

谁也没有注意到这两只狼是什么时候出现的。

母亲穿一身蓝衣服,烂夹袄,衣服上打满补丁,缝了又缝,补了又补,很厚实。

饿狼快得像风一样,将母亲扑倒在地,一口咬过来,锋利的牙齿穿透衣服，在母亲左手臂上划出两道红色的齿痕。它一口咬住胸口，把我母亲的左胸连同衣服一起扯下来了，母亲身上顿时血肉模糊，血流不止。

听到母亲凄惨的尖叫，三叔扔掉手里的莜麦，一路大吼着冲过来，驱赶饿狼救人。

看到有强壮男人过来追赶，两只狼立即逃跑了。

三叔把母亲带回家以后，母亲就一直躺在土炕上。炕上没有席子，母亲身上是碗口大一摊黑乎乎的血，血流到炕上。

那时我大概两三岁，还在喝奶。我趴在母亲跟前，想喝奶。我母亲说："妈妈的奶疼，不能喂你。"

晚上，母亲开始发高烧。

父亲不在家，哥哥急得不知道如何是好。

从这天开始，炕上每天早上都淌下一大摊血。听说母亲被狼咬伤，当时还是童养媳的姐姐从东沟村的婆家赶过来贴身照顾母亲。

母亲躺在病床上，虽然还能正常跟我们说话，但身体看上去很虚弱。在那个兵荒马乱的年头，缺医少药，没地方买药，更没有钱去求医治病，只好拿命扛。几天以后，母亲的伤口开始发炎化脓，臭气难闻，密不透风的房间里全是难闻的味道。

我们能怎么办呢？那时我还小，帮不上任何忙。哥哥虽然懂事，但他毕竟不是医生。我们家里的条件请不起医生。我们寄希望于命运赐福，让母亲快点好起来,但这也只是我们的一厢情愿。

在母亲面前,哥哥和姐姐都拼命忍着不哭。他们俩各自默默走出窑洞,独自一个人走到沟底,躲在外面我们看不到也听不到的地方,号啕大哭。

没想到,我们的运气不错。有支部队经过村子,对躺在土炕上奄奄一息的母亲施加了援手。军医帮母亲检查伤口,发现伤口已经溃烂。他给母亲的伤口做了清洗和消毒,然后上了一些药,就离开了。十几天以后,军医又来了一次,帮忙处理伤口,上消炎药。

母亲的伤口逐渐好转,直至痊愈。

说起来也奇怪,那几年荒野里狼很多,经常冲到村子里来。光我们村被狼咬伤的就有三个人,还有两个孩子被狼咬死了。

有一次,村里有对兄弟在河边玩水,哥哥叫苏二焕,十几岁,弟弟叫苏三焕,还很年幼。一只狼扑了上来,瞬间把弟弟按倒在地。哥哥急中生智,赶忙从附近地面上抱起一块大石头,砸向另一块石头,石头碰石头的响声很大,狼一下躲开了。哥哥拉起弟弟就跑,避免了一场灾难。

还有一次,驴圈沟闫秃的儿子(和我同岁)住在十三湾的姥姥家,被狼咬死。

那年头狼太大胆了,白天进村叼小猪、叼鸡是平常事,有时一两只、两三只不等。有人说,当时那年代,土匪特务被镇压,还有战争中被打死的人，没人管，尸体在荒郊野外被狼吃掉，狼越吃越胆大，所以到处横行。

我们住在附近深山沟底部的窑洞里。好来沟村有十几户人家分别住在村周围的山沟里，东面是碾子沟、东梁、老张窑、小东沟，南面是长沟梁、大西沟，西面是小西沟。每个沟岔有一两户，我们在小西沟，有四户人家，半坡有两户，我们和三叔家住在沟底。我家的窑洞离三叔家的窑洞只有几米距离。

母亲和三叔三婶经常帮别人家里收秋，只为换取一点口粮。更多的时候，人家也只是管吃饭而已。但只要不饿着肚子，他们就要出去帮别人干活。

母亲是小脚女人，干农活很不方便。但母亲在村里跟大家相处得都很好，对我和哥哥就更不用说了。母亲去邻居家串门，邻居给了她两个高粱面和野菜做的窝窝头，她自己舍不得吃，带回来给我和哥哥吃。

二月初二龙抬头这天，我们才有机会吃点好的。大娘（大伯的老婆）问母亲："你们今天吃啥？"

母亲说："家里没的吃的。"

母亲说得没错，家里确实没有任何吃的。别人家做豆腐改善生活，我们家的铁锅里就煮了一锅清水，清水里放几片野菜叶子。

看着一锅清水，母亲很犯愁。

大娘家条件比我们好，他们龙抬头这一天自己做豆腐，看哥哥和我饿得可怜巴巴的样子，就把做豆腐剩下的豆腐渣给了母亲两块，像馒头一样大小。母亲把豆腐渣带回来，弄熟了给我们吃。如果放在现在，豆腐渣跟油渣一起炒了吃，还蛮香的，熬糊糊倒是有点难以下咽。

对我和哥哥来说，这已经是除了猪肉以外最好吃的东西了。小时候只要是吃不死人的东西，我们都吃过。

还有一次，母亲跟村里的一个老太太说起家里没吃的，老太太给了母亲一些晒干的土豆皮。母亲带回来，把土豆皮切碎，捣成面，做给我们吃。

哥哥比我早熟。大娘虽然给我们两块豆腐渣，但看着铁锅里的清汤寡水，哥哥还是很伤心，他跟母亲说："我以后一定会让你们过上更好的生活。"

谁也没有多想，只是觉得这不过是哥哥的一句狂妄之言。少不更事的我，不会知道这句话的分量，更加不会想到，为了这个目标，哥哥竟然付出了愚公移山一样的汗水和辛劳。

如果说母亲给了我第一次生命，那么哥哥便给了我第二次生命。长兄如父，哥哥有时候就像我的父亲，父亲不在家里，他像父亲一样照顾我和母亲。尽管后来我才意识到，哥哥不过是个孩子，为了这个家，他放弃很多，甚至没有了童年。

自此以后，他突然长大成人。他开始独自面对这个广袤深邃的世界、这个贫苦破落的家庭。

他的肩膀扛起千斤重担，扛起风风雨雨。

哥哥四五岁开始跟母亲一起出去捡牛粪、捡树叶、捡树棍子（干树枝）、割草。他把牛粪放在石头上晒干，带回家，堆在家门口的空地上，像个干草垛。做饭的时候把牛粪塞到灶台里烧火。

八岁时，哥哥已经开始像大人一样干农活，春天耕田犁地，秋天收割庄稼。

在哥哥十一二岁时，在解放区有一种鸡毛信，信件上插一根鸡毛，意思是紧急绝密文件，在村中也是轮流着送，轮到谁名下，不管白天黑夜，刮风下雨，只要接到鸡毛信，就得火速送到下一个村，以同样的方式一直传给收信人。

有一天半夜，突然有人叫门，说有鸡毛信。哥哥慌忙起身，拿起一根长棍就走。妈妈担心路上碰见狼，对哥哥说："兜里装几块石头，准备打狼。"

哥哥走后，母亲提心吊胆了一晚上，没有睡着，一直等到天亮哥哥回来，母亲一颗悬着的心才放下。

第三章

父亲的逃亡 1944年

我母亲病好了以后的第二年,父亲的灾难来了。为了赚一些生活费,父亲帮当地解放区政府去五公里外的泉子湾村收税。村子里有个人为了少交税,专门去下垴亥村报告给日本人,说我父亲是八路军。日本人得知消息后,马上派人去泉子湾抓我父亲。父亲在去村里收税的路上被日本人抓住,押送到下垴亥村。

日本人在下垴亥村有驻军,但日本人的主力部队驻扎在和林格尔县城,县城在我们村的北面,四五十公里路程。

日本人拷打审问我父亲,逼他说出解放区和游击队的情况。父亲以走亲戚串门为由,说不知道。他不承认给共产党办事,严刑拷打也不承认。

父亲从被日本人抓住时就下定决心,宁死也不能暴露游击队所在的地方。他想的是,"我死就死我一个人,他们人多,比我重要百倍"。当时住在山窑里的游击队领导有王林、王达仁、石生云、白存喜等人。

由于父亲拒不吐露实情，紧接着他被五花大绑，带回好来沟，路上被日本兵拿枪托从背后敲断一根肋骨。日本人带父亲回好来沟的目的是摸清游击队的底细，从好来沟再抓几个人。结果村里的人没抓到，从母亲这里也没有得到半点消息，最后我父亲被带回下坨亥村，再次严刑逼供了一天两晚。现场有日本人、伪警察和翻译，他们将我父亲定性为真正的土八路。

第二天一早，我母亲从村里借了头毛驴，去见父亲一面。父亲被日本人抓住，估计没有活路，母亲想着也许能见最后一面。

哥哥十二岁，在前面牵着毛驴。母亲坐在驴背上，忍不住掉眼泪。路上经过浑河。浑河的水面很宽，平时水深到膝盖处。有时候到了汛期，水深到腰，水流很急，一不小心就能把人冲走。

过浑河的时候，母亲和毛驴被水冲倒。生死关头，哥哥死命拽过毛驴的缰绳，一步一步把母亲和毛驴拖到对岸。

母亲和哥哥身上的衣服都湿透了。

最后，母亲找到村里说话主事的人（就是那种德高望重的人）帮忙打了招呼，才有机会见上父亲一面。

哥哥下午牵着毛驴带母亲回家。至于母亲和父亲见面说了什么，父亲有没有交代什么，我们已经无从知晓。

第三天，日本人安排两个中国人——一个和林格尔街上姓雷的当地人和一个外地人——押送父亲步行去县城。从下坳亥村到和林格尔县城一百多里路程。

父亲心想，这一去恐怕凶多吉少，自己可能直接会被日本人枪毙掉，活下来的机会不大，所以无论如何都要想办法半路上逃出去。

路上，父亲和两个押送的人故意攀谈套近乎，说自己是抽大烟的——共产党决不允许这种行为——因为戒烟还坐过牢、挨过打，并说了我母亲被狼咬由日本人治好一事，如果这次按翻译（指严刑拷打时在场的翻译官翻译后的意思）给定罪，自己恐怕没有活的希望了。

但眼下两个人押送他，每个人都扛了把枪，他根本没有逃跑的机会。

父亲故意磨磨蹭蹭，押送他的两个人一路上用枪杆推推搡搡，押着父亲往前走。

父亲嘴巴挺会说的，很快就跟两个人混熟了。

就这样，父亲一路上跟两个人东拉西扯，走到胜利营村，太阳快要落山了。走得很累，父亲跟押送他的两个人商量："已经天黑了，我实在累得走不动了，要不就在这里住上一晚。正巧我身上有些烟泡，要不抽个大烟再走？"

姓雷的当地人喜欢抽大烟，对父亲的遭遇有些同情，加上大家已经步行走了一天，又困又累，就同意了父亲的请求，选在路边的一家旅店住下。一进大门，父亲就注意四面院墙的高低，有机会跑该从哪里跑出去，心中暗暗有数。

吃过饭后，那个外地人对姓雷的说："我先睡，你睡时叫我。"

外地人估计累了，躺下去很快就睡着了，发出轻微的呼噜声。姓雷的本地人抽完大烟，给父亲松绑。我父亲和姓雷的两个人一起吧嗒吧嗒抽大烟，火星在黑暗中反复亮起来，又暗下去。

父亲没话找话，故意显得神情有些落寞，也是希望博得对方的同情："我和你今晚上抽足大烟，明天你把我送进去，日本人除了毒打，还要用辣椒水灌，死活未定。"

父亲接着东拉西扯说了一些无关紧要的话。

说着说着，那个姓雷的也睡着了，没喊醒那个外地人，或许是有意让父亲逃脱。

想到第二天到了县城，自己可能要被日本人枪毙，父亲怎么可能睡得着？

在黑暗中，父亲大气也不敢出一口，等押送自己的两个人都睡着了，他还是不敢动。他害怕惊醒对方，自己被对方一枪给崩了。

一个小时过去，两个小时过去……

不知道等了多久，父亲确定这两个人都睡着了，他轻手轻脚从地上爬起来，用手提着两只鞋，赤脚跑出去，怕有响声。父亲从东面翻墙出去，向南面跑，过了河，连夜爬上南面山顶。

他逃走时吓得浑身发抖，走起路来，不敢发出半点声响。直到确定距离押送自己的两个人足够远了，他才开始用尽浑身力气，撒腿狂奔。

逃跑的路上，父亲听到远处传来两声枪响，大概是那两个人醒来发现父亲跑了，才放的枪。因为浑河北面是敌占区，父亲不敢停留，忙着赶路，天亮前过了浑河，上了南面的山，回到解放区，知道自己终于逃出来，总算死不了了，精神这才放松下来，不怕了。父亲停下来找个隐蔽的山坳睡了一觉，醒来已是中午时分；回到好来沟，已是下午四五点钟。

看到父亲回来，家里人高兴极了，村里人也高兴极了。

父亲回来后，当地政府让他去泉子湾调查告密的人是谁。父亲调查清楚，也有证据，可是想到当地政府如果深究下去，这个人肯定是死罪。他一个人毁了倒没什么，想到这个人一大家子人，上有老下有小，最后忍一忍，决定放过他，反正自己也没事，这事就这样不了了之。

那时候大家活得都不容易。

新中国成立后，内蒙古的老区慰问团在爱好庄村召开表彰大会，给父亲颁发了两件奖品：一枚老区慰问团铜制像章、一张毛主席的纸质挂像。铜制像章上有毛主席"发扬革命传统，争取更大光荣"的题词，左下角有"毛泽东"三个字。这些珍贵的东西因年代久远而不存在了。

这一次，父亲在家里休息了一段时间，除了不能干重活，其他都还好。

在我印象里，这好像是他在家里停留时间最长的一次。不知道这次死里逃生的经历对他后来的人生有怎么样的影响，父亲没有说，我们也不敢问。尤其是母亲和哥哥，心里虽然对父亲有过抱怨，但在父亲面前，更多的还是畏惧。

第四章

树杆和钟 1946年

1946年，我虚岁六岁。

有一天，吃过早饭，我们这群小孩子在村口的空地上玩耍，谁也没有注意到山顶的树杆已经倒下。树杆差不多有十米高，拳头粗细，树杆顶端裹了厚厚一圈树枝和枯草，远远地看过去，就像一只漆黑巨大的鸟巢。树杆旁边是木头搭建的钟架，木钟架上吊着一口大钟。

在这个制高点上，有人轮流站岗放哨。

撞钟的声音响起，直到第三下钟声响起，我才意识到，土匪要进村扫荡了。

此时，大人们的喊声响起来："土匪来了，快跑！土匪来了，快跑！"

所有人一下子全散开了。

大家该藏的藏，该跑的跑。这时候逃命要紧，带不了什么东西。

父亲不在家，母亲和哥哥正要出门找我，看到我，一把抓上我，撒腿就跑。我们直接从羊肠小道上跳到村口几十米深的深沟里，沿着斜坡就像坐滑梯一样滑到沟底，然后拼命地跑啊跑。

直到很多年以后，我还会做这样的噩梦，梦里有人喊："润生，快跑！"根本来不及思考和辨认是谁在喊我——可能是母亲，也可能是哥哥，或者其他人——撒腿就跑。在梦里，我以为自己会停下，然而并没有，前方没有尽头。

那些土匪就像饿狼一样在背后追赶我们。

大家冲出家门，往南面对面的山头逃跑，逃到比村子高出几百米的山头，观察土匪进村后的动静。如果土匪扫荡完回去了，我们就下山回家。如果土匪扫荡完接着追过来，我们就从山头翻下去，继续往南面逃。

南面是一个又一个深沟，一个又一个山坡。很多人以为内蒙古都是草原，一眼望去，几百公里以外仍然是草原绿地，望不到尽头。但我们村紧挨着山西，属于内蒙古的山区，有数不清的深沟和山坡，从几十米深到几百米深不等，有的深沟像耸立的悬崖般陡峭。附近数十个村子都用沟命名，我们村叫好来沟，东北面的村子叫东沟，西南面的村子叫羊群沟。

我们翻过村口的深沟，南面就是几百米高的山坡，倾斜四十五度角。我跟着母亲和哥哥往上爬坡时，经常爬几米远，然后脚底一滑，滑出更远。母亲裹了小脚，走路有点摇晃，更别说爬坡了。

母亲照顾不了我，更多的时候是哥哥在照顾我。哥哥就像牛犊一样壮实，他的力气很大，拉着我往上爬。有时候我实在爬不动了，他就托

第四章 | 树杆和钟（1946年）

着我的屁股往上爬。遇到春天夏天，山坡上有草，我们爬的时候可以抓着草，借力往上爬。遇到冬天就惨了，山坡上除了黄土砂石，再也没有别的东西可以借力，很容易滑下去。

潜意识里，我们往"另一个家"的方向跑。只有逃到这个家里，我们才是最安全的。

出了村往西两三百米，有一座十几米高的烽火台。烽火台周围是一圈土墙，土墙外面是一截明长城的遗迹。西南面六七公里远的地方，长城保存得更完整一些。长城以北是内蒙古，长城以南是山西。

从我们村沿着村口的羊肠小道，往西走上六七公里，就是非常壮阔的明长城，黄土夯筑的城墙早已经年久失修，好多处都是残破成半截子的城墙。翻过明长城，就是山西的右玉县。明长城上每隔三五里路就立一座烽火台，三里一台，五里一墩。台和墩都是烽火台的计量单位，台小一些，墩块头更大一些。

烽火台在古代是传递敌情的工具，遇到敌人来犯，岗哨就点燃烽火台顶部平台上的狼烟，一个个传递过去。这里是我们小时候最喜欢玩的地方之一。那时候烽火台南侧还有地势低缓的斜坡和台阶，我们沿着台阶爬到烽火台上。烽火台顶部是一片空地，荒废以后除了能登高望远，并没有别的用处。

"另一个家"就在烽火台往西南方向四五百米。烽火台南侧是一条羊肠小道，仅能容纳一辆马车通过。羊肠小道边缘是两三百米长的斜坡，斜坡底部是山沟。距离山沟底部不到十米处，有两个窑洞，其中一个窑洞就是我们的"另一个家"——我就是在这个窑洞里出生的——隔壁四五米远住了三叔一家。大伯一家住在东面距离我们一百多米远的两个窑洞里。

四个窑洞，有时容纳着我们整个大家庭十七口人。

人们选择峭壁土质好点的地方，朝向阳的方向开窑洞。因为冬天冷，必须要有火炕能生火做饭才行。土坑生活条件很差，窗户很小，门也走风漏气，有些人就用木板挡一下，或者用柳条编的片子（类似挡板）挡一下风。铺盖上铺一些破烂衣裳，阴暗潮湿，住在这里真是度日如年。个别人家有几片羊皮之类的铺盖就算不错了。

在1946年以前，我们住在这个隐蔽的窑洞里。抗日战争结束以后第二年，我们离开窑洞，搬回村子里住。只有土匪进村的时候，我们才会躲到这个窑洞里来。

没有比这里更安全的地方了。

带头的土匪骑着高头大马，浩浩荡荡一百多人，从山背面出发。土匪住在山顶北面，地势比较低。我们村在山顶南面，地势比较高。

以山顶的树杆和钟为界，南面是前山，我们村就在前山；北面是后山，也就是这帮土匪的窝点。

当然，准确点说，双方以浑河为界。浑河以北是敌占区，最早被日本人占领，后来成了国民党和土匪的窝点。浑河以南是解放区，我们住

第四章 | 树杆和钟（1946 年）

在浑河南面的好来沟村，就属于解放区。我们村曾经还设立过县政府，当时以和林格尔、清水河和托县三县合并为一个托克托县。敌占区和解放区中间隔了一条浑河，浑河的河水昼夜不停，从东往西流。

浑河距离我们村十几公里，河面四五百米宽。父亲、母亲、哥哥和我每次出门进出好来沟都要经过浑河。不过不是在敌占区和解放区中间的那段，而是更上游的一段。每到冬天就更有意思了，冰层不断累积，最厚的时候超过半米。

除了冬天结冰以外，浑河的水就像山泉水一样，汩汩流淌，从不停止。平时水深到膝盖处，到了汛期，水深淹没到腰。

在浑河附近有个天然池塘，池塘里生活了几十只野鸭、水鸟和一对漂亮的鸳鸯。见到生人靠近，它们并不害怕，除非对它们做出一些恐吓的举动。不然，它们就像生活在世外桃源一样，悠哉悠哉地游在水面。

毕竟，内蒙古到处都是草原，我们生活的村落周围到处都是沟壑，喂养再多牛羊也不怕没有草吃，但树林和水源确实不多。村里一口两米多深的水井，每天储存的水都不够村里人用。我们用水非常节省，往往一盆水能反复用上好多遍。

我们用井水做饭，刷锅刷碗，刷锅碗的水接着喂羊喂猪。洗完脸的水，还要洗衣服，不省着用的话不够用。我们往往一年洗不了几次澡。洗澡是很奢侈的事情，非常浪费水，也没有那么多水可以浪费。如果村里的井里没水了，村民就只能去附近的河里（浑河的支流）挑水回来。

遇到土匪进村抢劫，为了第一时间通知村民逃命，村领导想出一个办法，在村东面的碾子山最高处的山顶立了一根树杆，上面绑了一捆柴草，远远望去就像一个雀巢。树杆旁还吊着一口旧寺庙里用的大铁钟。树杆和钟就像古代的烽火台和现在的警报器。

村里人轮流站岗放哨，发现有情况，先敲钟，然后把绑有柴草的木杆子推倒。人们听见钟声，看见木杆子倒下，不论在田里干活，还是在村里干别的，所有男女老少该跑的跑，该藏的藏。

除了在山顶制高点立了树杆和钟，村子里还成立了儿童团。虽然抗战胜利后日本人已经败走，社会面逐步稳定下来，但国民党部队和土匪横行，环境还不太好。

儿童团是干啥的呢？就是在村口站岗放哨。认识的人放行，遇到不认识的人进村，就要上去盘问一番。有些人强行闯关，我们四五个孩子一拥而上，抓胳膊的抓胳膊，抱大腿的抱大腿，不让他走，接着把人扭送到村里头盘查。

有的人被儿童团拦住以后，态度挺好；有的人态度不好，冲我们发脾气，我们也不怕他。实际上我们那时候虽然盘查了那么多人，却并没有碰到坏人。

土匪进村扫荡完，很快就会逃走，他们害怕遇到八路军和游击队员。警报解除后，我们回到村里。

但是这次没有。骑马带队的土匪顽固军这次凑巧遇到游击队员。

第四章 | 树杆和钟（1946年）

顽固军大约有一百多人，隐蔽在双台梁的烽火台下面的围墙里。游击队隐蔽在大西山。

双方一南一北，形成对峙局面。四五十个游击队员以南面的山头做掩护。一百多个土匪以北面的烽火台做掩护。中间是"V"字形的山沟，山沟底部是我们家挖的窑洞。

我们躲在十三湾村东面山沟底部的窑洞里。

双方先是言语交锋。游击队员说土匪是死顽固。土匪骂游击队员是八脚子（意思是虱子）。

我们在山沟底部的窑洞里听得真真切切。

言语交锋以后，双方突然开火。枪声紧一阵，慢一阵，中间停一阵。子弹在头顶嗖嗖飞过。有的子弹从南面飞过来，有的子弹从北面飞过来。我清楚地听到子弹由远到近，再由近到远的声音。通过密集的子弹声，我能分辨出哪边的火力更猛。

很多人可能觉得害怕，说真的，我们逃命的时候确实害怕，可一旦躲进窑洞，我就不害怕了。这里非常安全，母亲和哥哥就在我身边。

这可能是我距离战斗最近的一次，头顶就是枪林弹雨。

跟土匪比，游击队只有四五十个人，但是有一个掷弹筒（轻型迫击炮），和现在下冰雹的时候打云炮基本是一样的。在游击队里，这也算是件重武器了。

终于，游击队员用了迫击炮。迫击炮的声音比子弹更响，更有爆炸的威力。游击队向顽固军打了两炮。第一颗炮弹没有击中目标。隔了几分钟以后，游击队员发射第二颗炮弹。第二颗炮弹打在顽固军藏身的烽火台围墙内，准确无误地击中目标，打死一个，打伤一个。

战斗持续了三四个小时，到中午吃午饭时才结束。

村里早有村民给游击队员送水送饭。那时候我们解放区和游击队真是军民一家亲，我们村的男女老少全靠游击队的保护。游击队每到一个村，在村外有野菜的季节，他们就自己拔了野菜回村和老乡们一起吃。

顽固军撤退了，它的队伍逃回山背面。我们这才从窑洞里出来，回到村里，生活恢复到之前的样子。大家该吃饭吃饭，该干活干活。

我们村里有六七个共产党员，其中有两个人在这次发生枪战的游击队里。战斗结束以后的死伤情况，听说是他们传出来的。而且，游击队员挺聪明的。论人数，游击队员只有土匪的三分之一。他们为了掩人耳目，在山顶堆了很多石头，有高有低，冒充游击队员，迷惑敌人。远远看过去，山顶人头攒动，游击队员的队伍看上去远远超过土匪。这让游击队员在心理和气势上占了优势。

大约在1946至1949年，浑河北面还是敌占区，新店子和榆林城村后有一大片围栏围起来的地方是国民党的地方武装机构。他们白天很少渡过浑河来到南面解放区，过来几次也都会受到游击队的打击。

到了夜里，敌占区的顽固军和解放区的地富反坏分子（地主、富人、反动派、坏蛋）——人们称黑摸队或复仇队——经常来解放区抢枪，拉牛羊。这帮土匪进村扫荡，烧杀抢掠无恶不作。所以每到夏秋两季，大家晚上在家睡觉都提心吊胆的，就怕黑摸队上门打劫。经常太阳落山，

第四章 | 树杆和钟（1946 年）

人们成群结队，到村外头的山沟土窑或者野外平坦地睡觉躲避。

这帮土匪进村扫荡没有任何规律，有时候可能间隔十天半个月，有时候可能间隔一两个月。实际上，村里并没有多少粮食和物资。逃难前，大家早已经将手里可怜巴巴的一点粮食和物资埋在土里。人们在空地上挖一个土坑，坑底铺厚厚一层干草，然后把粮食放进去，倒在干草上，接着在粮食上再铺厚厚一层干草盖住，最后用土填平，看不出任何痕迹。

这么多年过去了，只要一想起过去，我就没有办法忘记我们经历过的苦难岁月。如果一个人没有经历过战乱——抗日战争中日本人的烧杀劫掠，解放战争中土匪进村扫荡，还有野外的野狼随时侵扰村里的人畜——没有经历过吃不饱、穿不暖、饿肚子的日子，是根本没有办法和我们一样感同身受的。

在苦难和贫瘠的年代里，我们拼命挣扎，都要想尽一切办法解决生存问题。

因为实在养不起孩子，所以，母亲在生我的时候，考虑到底要不要这个孩子。也是这个原因，姐姐八岁的时候，去了东沟村给人家做童养媳。

没有吃的，大娘家给母亲两块豆腐渣，邻居家的老人给母亲一堆土豆皮，哥哥和母亲去山上砍柴，挖野菜。那时候我们的想法非常纯粹简单：无论如何，都要好好活下去，努力度过这段艰苦的时光。

也是因为这样，哥哥从八岁起，就开始像大人一样去干活养家，春天耕田犁地，秋天收割庄稼。

说实话，我母亲是这个世界上最好的女人，我哥哥是这个世界上最好的男人。我父亲功过各半，但丝毫不影响他在我心目中的高大形象。哥哥的性格和母亲很像，非常能够吃苦耐劳。他们对苦难的忍耐力超乎常人，而且从不抱怨。

应该说，我的父亲、母亲和哥哥为我构建了一个完整的世界。我对这个世界的善意，对这个世界的全部的爱和理解，都是源自我的父亲、母亲和哥哥。

父亲在受到日本人毒打的时候，哪怕冒着丢了生命的危险，都不肯出卖同胞，单就这份勇气，恐怕很少有人能做到。包括父亲对待告密的人的态度，也让我心生敬佩，对方告密差点要了他的命，但他没有心怀仇恨，反而给对方一条生路。父亲骨子里的那种善良和宽容也对我影响深远。

我的父亲、母亲和哥哥，用他们生存的努力和智慧告诉我，无论再苦再难，都要努力活着，好好活着，因为活着就有希望。

应该说，苦难是一个人、一个家庭成长最佳的营养源泉。

第五章

新与旧 1949年

有时候命运是很神奇的。就在我们心里已经放弃了父亲时,父亲却突然改头换面,重新出现在我们的生命里,前后简直判若两人。

归根结底要感谢共产党,我们终于在过了那么多苦日子以后迎来新中国的成立。

1949年十月一日,开国大典,毛主席站在天安门城楼上宣布:中国人民从此站起来了!

其实早在1948年,和林格尔县城已经提前一年宣布解放。解放区社会形势好转了,当地政府鼓励群众从山里窑洞搬回村里住,发展生产。

新中国成立以后,万事万物焕然一新,感觉好像连我们住的地方都跟以前不一样了。政府开始整治各种陋习,其中抽大烟属于违法行为,抓到了要坐牢。父亲即使想抽大烟,也买不到烟泡,只能忍着烟瘾,逼自己戒烟。有时候父亲烟瘾犯了,看上去很难受,我们也帮不上忙,只能干着急。

对戒烟的人来说，这可能是最好的方式。

大概过了三四个月，父亲终于成功把烟戒掉，从此改抽旱烟。想一想旧社会里，抽大烟这种陋习祸害了多少家庭。我们村里有个人为了抽大烟，把老婆孩子都卖了，想起来都觉得痛心。

戒烟以后，父亲明显比以前更精神。以前他抽大烟的那些年，脸色蜡黄，整个人看上去病恹恹的。那时候他眼里只有大烟，没有别人。除了大烟，他对任何事都提不起精神，大烟几乎成了他唯一的精神寄托。

当然，更大的变化是，他开始回到正常的生活里来了。

也是从这时候开始，我才觉得他是一个好父亲。这一年，父亲四十三岁，终于开始"四十不惑"。

父亲成了家里的好帮手，农忙时跟母亲和哥哥一起下地干活。

农闲时，父亲一个人从山西左云县和右玉县贩来土布。他去清水河卖布，因为山西的布匹比当地便宜。那时候没有机器织布，全都是手工织布，我们管这种布叫土布，它是做衣服用的。土布一般宽一尺左右，长两三丈至三四丈不等，每匹布大概两三毛钱。

父亲从山西进货，然后用绳子捆住，背在背上，走街串巷，他经常去周边乡镇卖布。

说真的，如果不是新中国成立，我们哪里有机会翻身？和村里很多家庭一样，我们家也是依靠共产党富起来的。我们经历过从旧社会到新社会，从吃不饱饭饿肚子、穿不到衣服挨冻到新中国成立以后能吃饱饭填饱肚子、穿上土布做的衣服不至于挨冻的变化，那种幸福感和满足感，没有经历过这个前后转变过程的人大概是不能理解的。

只有挨过饿的人，才知道每一粒粮食的珍贵。

在我们家里，真正能做到每一粒粮食都珍惜的人只有一个，那就是我哥哥。他太害怕挨饿和挨冻了。

哥哥吃饭的时候，碗里不能留下一粒粮食，必须吃得像洗过一样干净。如果掉在地上，他就捡起来吃掉。谁要是在他面前浪费一粒粮食，他都会愤怒、发脾气。有时候收秋，粮食掉到泥土里，非常细碎，没有办法捡起来，但他哪怕花几个小时，也要把粮食一粒一粒捡起来。

那时候，我们首先要解决的是填饱肚子的问题。要填饱肚子就需要发展生产，发展生产需要耕田犁地，耕田犁地需要有牛、羊、驴，黄牛犁地；羊生小羊，卖了赚点钱补贴家用；驴子驮运庄稼和货物。

针对像我们这样的贫困家庭，国家给了不少扶持和帮助。我记得很清楚，1950 年前后，政府无偿给了我们家两只羊，另外还专门贷款给我们，鼓励跑运输。

接着，父亲和同村的李金山合伙，贷了三十块钱，专款专用，买了一头毛驴。

为什么这个事情我记得很清楚呢？因为父亲后来把卖布赚的十五块钱给了对方，把驴子买过来了。不然两家共用一头驴子总感觉不是很方便。

父亲卖布每个月能赚三五块钱。这十五块钱是他积攒了好几个月卖布的收入。

有了驴子以后,确实方便多了。驴子可以驮一些货物和农作物。我们买回来的驴子还很年幼,大概两岁,每次让它驮货物也就放四五十斤,不敢多放;剩下的货物自己背着,不然,怕驴子驮不动。

后来政府又贷款给父亲四十块钱,让买耕牛,并且挨家挨户给我们发放农作物的种子,以及一些发展生产的农具,比如耕田的犁。这样一来,毛驴和牛有了,耕畜和农具也有了,剩下就差春天耕地播种了。一家人喜出望外,精神倍增,开始种地。

因为驴和牛都小,扛不起重活,我们家将就着种了十多亩比较好的地,当年人畜的吃用基本上解决了。

往后几年,正是人强马壮,多年来忍饥受饿的日子一去不复返,全家人高兴极了。从这一年开始,日子过得一年比一年好。在今后的几年里,我们还向政府交公粮,对国家有了一点贡献,全家人感到满意和自豪。

从前想都不敢想,能有现在丰衣足食的好日子。不仅人们的穿戴从破烂不堪、缝了又缝、补了又补,到按季节变换各种新衣服;人们的精神面貌也有所改变;上民校,扫文盲,政府工作人员经常开会,讲党的方针政策,到处都是喜气洋洋的气氛。

这时候,哥哥已经十六七岁,干农活是一把好手。

第五章 | 新与旧（1949年）

新中国成立后还有一个很大的变化是，困扰我们几年的土匪们不见了。政府将这些土匪该抓的抓，该枪毙的枪毙。我们终于不用再担心土匪进村扫荡，也不用在土匪进村扫荡时到处逃命躲藏。

好像所有人都忘记了山顶的树杆和钟。

当我们想起来树杆和钟时，它们已经不见了。后来才知道是村里头派人上山，把树杆和钟撤掉了。我们已经不需要树杆和钟来报信。

那口大钟被村里派人驮运回来，放在村里的空地上，他们重新做了钟架，把钟吊了上去。村干部们开会，或者召集村民开会、宣布什么事情，仍然通过撞钟进行通知。

那时候村里还办了扫盲的学校，全村老少都要去扫盲学校里读书识字。

这一年，我开始读村小。

村小自然建在村里，没有独立的学校，只是借用没人住的土坯房子，炕上铺一张木板当课桌，同学们盘腿坐在炕上读书识字。村小门口没有挂牌子，那时候所有的政府机关门口都没有挂牌子。

困难时期，能省则省。

秋天开学交学费，一学期一毛钱。开始只有四五个孩子来村小读书，冬天天冷以后，增加到十个孩子。冬天天冷，孩子们无处可去，跑来读书识字。冬天一结束，读书的孩子又只剩下四五个，孩子们都要回去帮父母干农活。

最有趣的是，班里同学们的年龄相差很大。有的同学六七岁或七八岁,有的同学二十多岁,他们的孩子都跟我们一样大了。

现在回想起来,我小时候能够读书,真的需要感谢父亲、母亲和哥哥。如果没有他们的辛劳,我大概也会像同村其他孩子一样,不只自己一辈子都走不出这片土地和村落,而且我的孩子们、孩子的孩子们都将困守在这里。

教我们的是个私塾先生,蒙古族人,四十多岁,说一口流利的汉语,穿着旧式的衣服。没有课本,教书也是旧式的教法:每天照本宣科地读书、念口诀,不教写字,也不解释什么意思。我们一年级和二年级都在读《百家姓》——"赵钱孙李周吴郑王"。

我对读书的记忆就是从跟着私塾先生朗诵《百家姓》开始的。这是我最早的读书启蒙。

那时候学校里没有发读书的课本和写字的本子,私塾先生用报纸给我们装订成厚厚一本,我们在报纸上练习毛笔字。

新中国成立以后开始有公立学校,但师资力量非常匮乏,学校里的老师还是以私塾先生为主。

读到二年级,忘记什么原因,学校停课了。孩子们各自回家。大概过了三四年,私塾先生和老婆因为家庭纠纷吵架,吞药自杀了。先生去世时四十多岁,我唯一记得的是,他写一手漂亮的毛笔字。

大概在1952年秋天,学校似乎变得更加规范,上头派了个年轻老师到村小，二十多岁，听说是小学毕业以后开始当老师。

从这时候开始，我们有了正式课本：国语和算术。国语就是语文，算术就是数学。

我们接着读二年级。

我清楚记得国语前面三节课的内容。第一节课是：开学了！第二节课是：上学了！第三节课是：我们一起上学！

这时候，村里新建的房子仍然是土坯结构，但紧挨着地基的四个墙角已经开始用砖砌墙，更结实牢靠，也更防水防潮。

新老师教了我们三年，从五年级开始，我们转到镇上的羊群沟小学读书。读完六年级，我考初中，头一年没有考上。我接着补习了一年，补习一年又没考上，我干脆就不念书了，回到村里跟哥哥、母亲一起干农活。

第六章

分家 1958 年

随着年代推移，大伯家三个堂哥先后成家立业，二哥和三哥住三间东房，我们和大伯两家还住在正面的三间土坯窑里。三叔住在西面的两间正房和三间西房。

到这时候，我们五户人家已经发展壮大到二十八口人，挤在一个大院子里。大家住得很拥挤，加上院子里还养了牛羊鸡猪，很不方便。

忘记是谁提出来的，我们正式决定分家。

大伯和三叔他们继续住在这个大院里。父亲带着母亲、哥哥和我，从大院里搬出去。我们在旧院的西面有一片空地，旧院的西北角还有一棵老榆树归我们，两三个大人才抱得过来，大约价值两三百元，折价分给我们。

这片空地上最值钱的就是这棵老榆树。因为我们需要在这片空地上建造新房子，这棵老榆树明显太碍事，我们把老榆树砍掉，卖了三百块钱。

我们家最吃亏,分完后哥哥认为不公平,但父亲为了照顾弟弟和侄儿们,说服哥哥,他也就默认了。

这片空地不够平整,南低北高,形成一个长长的斜坡。大约有五六十度的坡度,越往北越高。北面最高处的土坡比南面最低处高出好几米。要在这片空地上建房子,就必须把整片空地填平。

分家这年是1958年,农历八九月份,我虚岁十八岁,村里已经有了人民公社。父亲、哥哥和我,我们父子三人开始在这片空地上建造房子。

父亲已经五十四岁,身体不如以前。他这辈子没怎么干过农活,但他是个很棒的泥工师傅。哥哥从小干农活,身体结实,成了干活的主力。我体质差,从小到大没干过几天农活。我们兄弟俩开始做建房子前的准备工作——平整地基,推土。

前面倒土处有十几米左右的一条深沟,取土和倒土的距离有六七十米。我们用铁锹把高处的泥土铲到独轮车的荆条筐里。这种独轮车现在已经很少见了,只有一个轮子,轮子上方是一块木板,木板两侧各装了一个荆条编的筐,用来装土。平时独轮车也可以用来装运货物。

空地上有上千方土,我们每天从早干到晚,眼看着高处的土坡一点点低矮下去。哥哥有力气,他负责把一车又一车的土运出去,堆放在六七十米开外的空地上。

每天干完活,我浑身就像累散架了似的。吃过黑夜饭(意思是晚饭),

我准备跟哥哥一起继续铲土。哥哥为了照顾我，就跟我说："我一个人推，你去睡吧。"

哥哥一个人铲土、搬运、倾倒，这样来回反复。我躺在炕上，隔着门闩，能清楚听到手推车碾过地面时因负荷太重而发出吱吱呀呀的响声。哥哥每天晚上都要忙到十点以后——有时候更晚——才上炕休息，这时我早已经睡着了。

我们从春节前破土动工，用铁锹铲土，用手推车运土，足足干了三个多月，才把整个斜坡铲成平地；又从外面拉一些结土（意思是结实的土）将地基填平，不然在沙土地上没办法建房子。

填平地基后，倒掉的土大约有成千上万立方米，人常说"寸土难移"，这话真不假，我是体会到了。

接下来，我们从河沟运石头，准备砌墙和打地基用。大石头我们哥俩一起抬，小点的就各自用扁担挑回，就这样又干了一个冬天。从河沟回到院子的空地，来回一里多地，还有一段是上坡路，估计运回的石头有几十立方米。

紧接着，我们需要制作造房子的材料——土坯。

制作土坯我们这里叫脱土坯，"脱"就是用模具制作的意思。

现在的人估计很少有人见过土坯造的房子，但在好来沟村里还能看到废弃不住的窑洞和土坯房。改革开放以后，随着大家生活水平提高了，手里有钱了，开始造砖瓦房。大家从土坯房里搬出来，住进新建的砖瓦房；有条件的家庭把房子装修一下，看上去漂亮多了。

村里宅基地上按照建房顺序，依次保留着窑洞、土坯房、砖瓦房，由北往南，一字排开。

最北面背靠十几米高的土坡，土坡下面就地取材，挖了一个个窑洞，洞口还在。

窑洞前面（南面）一排是后来建造的三五间土坯房，土坯房因为很久没有人居住，年久失修，有的房子出现塌方，但大部分土坯房仍然保存得很完整。

土坯房前面（南面）是砖瓦房和水泥做的院子，出了门就是村道，村道口建了牛棚或猪圈，过去牛棚和猪圈也是用土坯做的。从第一代窑洞到第二代窑洞，到土坯房，最后到砖瓦房，砖瓦房算第四代房子了。

脱土坯的过程是挺有意思的，虽然很辛苦，但是一想到我们在建真正属于自己的新房子，心里还是蛮期待的。

清明过后，在离家一两百米远的一片空地上，我和哥哥开始脱土坯。脱土坯的土是从几百米处的土坡上挖来的，因为本地是沙质土，垒墙不行，而脱土坯需要更结实的黏土。光搬运这些土就花了我们半个月时间。那时候建造房子用的土坯，跟现在的砖块差不多，但比砖块要大很多。土坯长一尺二，宽八寸，厚二寸，晒干以后三十多斤重。

对我们来说，造房子所需要的一切，我们都尽可能自己动手、就地取材，包括脱土坯的木制模具也是我们自己做的。脱土坯前，要先将木

第六章 | 分家（1958年）

制的模具弄湿，摆在空地上。接着在黏土里面和进一些干草，搅拌均匀，然后浇上水，闷一会儿，等到干草被泡软了，土也黏了，用齿耙不断搅拌均匀。最后，我们把拌了干草的泥倒进事先准备好的模具，将四角夯实，土坯面上用水抹光滑，然后将模具提起来，一块土坯就脱成了。

当然，为了承重和固定，我们还做了很多三角形和扇形的土坯，一头大，另一头小。砌墙的时候，土坯和土坯之间正好通过力的作用像木头的榫卯一样卡住。同时，三角形和扇形的土坯更容易制作圆弧形的屋顶和门窗。

脱好土坯以后，让土坯在空地上暴晒两天，就干得差不多了。为了让土坯晒干晒透，我们把土坯翻立起来，再风吹日晒几天，使其彻底干透；最后把土坯码成泥垛，中间留一些空隙通风，上边盖一些草，以防被雨水淋着。

实际上，脱土坯可比铲土搬运累多了。

脱土坯一干又是三个多月，正赶上夏天最热的时候，浑身汗如雨下，衣服湿透。我们做了一万多块土坯，摆在空地上蛮壮观的。

等土坯完全干了以后，剩下的工作就是建造房子。虽然，父亲从前没有修建过房子，但他砌墙不用挂线（测量墙壁垂直度的工具），凭眼力就砌得又平又直，从开始砌墙到最后窑洞成型完工、盘火炕，到屋内墙壁用泥皮抹墙面，都是自己完成的。当时父亲将近六十岁，但干起活来手脚还很麻利。这一点我真是没有料到。

这次，父亲成了老师傅，我和哥哥给父亲做帮工，搬运土坯、和稀泥，休息的时候看父亲砌墙。我总感觉那是我第一次看到父亲这么认真干活的样子。我看着土坯像玩具一样在我视野里越搭越高。

建造房子的时间不长，大概也就一个多月。建造房顶的时候，父亲用木架子做房梁，支撑房顶的土坯，让它不至于塌下来。每间房顶都做成圆弧形，门窗也是圆弧形，大概是受到窑洞的建筑风格的影响。

父亲一共建了三个房间，中间是大厅，东西两侧各是一间卧室。卧室里最占面积的就是土炕，并排能睡好几个人。父亲接着用土坯做了土炕和灶膛。

房子建好以后已经到了秋天。

虽然那时候没有装修的说法，但是为了房子里外美观，我们也会刷一些像油漆一样的泥巴涂料。我们和稀泥，父亲用泥工工具将稀泥均匀涂抹在墙壁上，涂抹完以后，整个墙面看上去非常光滑平整，再也看不出土坯和土坯之间的缝隙。

当然，房间里的地面就更简单了：用同样的方式把地面抹平，收拾干净，整个房子很清爽。

毛主席说："自己动手，丰衣足食。"村子里缺衣少食，物质非常匮乏，所有衣食住行需要的东西，都是我们自己生产制造。我们造房子、搭灶台和土炕、织布做衣服、用荆条编成筐，再用泥巴里外抹平做成米缸，当然也可以存放各种杂物或食物。反正能想到的东西，我们几乎都自己做。

第六章 | 分家（1958年）

好来沟窑洞，这是我和父亲、哥哥一起建造的属于自己的家。这个窑洞后来扩建过，一排共五个房间

修建新窑时有两大难题。第一是口粮不够，几年来收成也不好。口粮标准一年是三百六十斤，包括土豆在内，土豆是五斤抵一斤主粮。吃的严重不足。幸亏我们前几年存下点年蓬，年蓬籽有两百斤左右，本来是存着度荒年的，靠着这些存粮和口粮做成炒面和窝窝头。第二是缺水。建窑耗时近一年，就这样，我们父子三人扛过了这高强度的一年，新窑落成了。我们开始买木料装修门窗。以前建的窑洞因潮湿阴冷，已经不能住人。

第二年夏天，我们终于搬进明亮宽敞的新家。随后，我们盖了三间牛羊圈，围起院墙，新院落总算一应俱全。

就这样日复一日，年复一年，哥哥已经成为一个壮劳力；肩宽腰圆，身材魁梧，一米七的帅小伙，干农活是公认的一把好手。

在20世纪五六十年代，政府提倡发展生产，提高人们的生活水平，兴修大中小水利工程。我们县先是修陈梨窑水库，后又修石嘴子水库，水库完工后，开始挖干渠。

有了人民公社以后，每个家庭需要出一个劳动力，到呼市（指呼和浩特市，我们平时习惯称呼和浩特市为呼市，称和林格尔县城为和林）开大渠、修水库、修人工湖、修电线杆。哥哥是我们家主要的劳动力，整个家庭重担全压在他一个人身上。这一年，哥哥虚岁二十六岁，进了内蒙古邮电工程总队呼包大修队，跟着工友去了呼市，后面辗转包头等地，

第六章 | 分家（1958 年）

窑洞内顶部是弧形的天花板，长期不住人以后，墙皮脱落，露出一块块的土坯

主要做一些工程施工的项目。

那时候的工资就是计工分,一个工分大概相当于两三毛钱,哥哥每天大概能做三四个或四五个工分,收入还不错。

1960年,哥哥在土城子挖干渠时私下跑去呼市,在内蒙古党校挖人工湖,一个月能赚三十多块。人工湖完成后已是冬天,哥哥又去内蒙古邮电工程总队呼包大修队换电线杆子,月工资也是三十多块。原线路是日本人侵占时期安装的,因多年失修,下面的电线杆子需要换新的。当时天寒地冻,需重新挖坑栽电线杆子,在农历年底前完工。随后哥哥准备去东北地区做同样的工程。

领导跟哥哥说,东北完工后,可能有部分人员要转为正式编制的工人。

呼市的工程竣工以后,哥哥面临人生的两难选择:是继续跟着工程队干下去转正式工,还是回家种地?如果继续跟着工程队,他会有一个很好的人生,有更高的收入,也能解决个人的婚姻大事。父母那时候最关心哥哥的婚事。

但问题是,哥哥考虑到家里面总得有个劳力要干活。我除了在村里做做会计,其他啥活也不会干。哥哥离家以后,家里面的田地就荒废了。父亲、母亲年龄大了,干不了很重的农活,再过几年需要有人照顾。

哥哥回家过年,顺便看看父母和家里的情况,当时队里分自留地时,外出人员不给分地和口粮。

哥哥思前想后,最后选择回到村里参加集体劳动。村里的工分收入每天只有他过去的三分之一不到,收入实在太少了,一年下来挣不了几个钱。

谁也没有想到,这个决定会直接影响哥哥的一生。我们也是在经历很多事后才逐渐理解并感受到它对哥哥一生的影响。

回到村里意味着过去的一切努力白费,一切都被打回原形、推倒重来,哥哥从此丧失了原本的大好前程。哥哥回到村里做农民,重新接纳我们家是村子里最穷的事实。加上哥哥年龄大了,再不找对象,可能会耽误一辈子。

哥哥从来没有过任何抱怨。他不是在干活,就是在去干活的路上。我没有见他停下来过。

无形之中,哥哥成了我最好的人生榜样,潜移默化中影响到我,但我并没有察觉。

农村孩子结婚比较早。新中国成立以前,十四五岁就结婚了。新中国成立以后,按照新的婚姻法规定,男生二十岁左右,女生十八岁左右结婚。如果男生到了二十四五岁还不结婚,恐怕一辈子都要打光棍了。过了三十岁以后不结婚,那就铁定打光棍。女生该出嫁的都出嫁了,年龄大的男生别说女生看不上,女方父母也不能接受。那时候男女结婚关键还是父母之命,媒妁之言,不像现在恋爱和婚姻自由,自己可以做主。

哥哥相貌不差,算得上一表人才,他长得比我好看,也比我能干。

但我们家里实在太穷了，很少有媒人肯进我们家门。

都说农村二十岁开始找对象订婚，哥哥二十岁的时候是1952年。那时候我们家里不只是穷，甚至连个房子都没有。我们造房子的时候已经是1958年，哥哥二十六岁，在农村里属于大龄青年，不好找对象。那时候订婚要给女方彩礼，彩礼礼金并不少，少说也要两三百，高的八九百。真订婚的话，我们家实在拿不出彩礼钱。

哥哥人也老实。在我印象里，他有过一次相亲，那可能是他人生中唯一一次相亲。女方身材、相貌各方面都可以，就是嘴有点歪，哥哥没看上人家。

随着年龄越来越大，媒人不再上门，哥哥再也没有相亲机会，他干脆放弃了自己的婚事。

有一次，哥哥跟我说："润生，我可能要打光棍了。但你不能，咱们苏家不能无后啊。你现在年龄刚刚好，我们不能两个人都打光棍。"

在这以后，哥哥把心思全都花在我身上，一门心思帮我张罗婚事。他好像比父亲和母亲更加紧张我的婚事。

第七章

停课 1961年

1959年，我们村里有初中了。我重新回到学校，读了一年半初中。我读初中的时候已经虚岁十九岁，周岁十八岁。放在现在，我这个年龄应该参加高考了。那时候条件不成熟，坚持读书已经很不容易，整个过程断断续续。因为我们村跟新店子镇合并，剩下的一年半时间，我接着去新店子镇中学读书。

初中毕业那年，我虚岁二十一岁。学校通知我们前去参加毕业考试。我稀里糊涂地就去了学校。那时候我很迷茫，不知道以后能干什么，乡镇里头也没有人出面解释。我只记得初中毕业考试就一道作文题，具体要求不记得了，但我印象中写得挺好。

半个多月后，我接到内蒙古农牧业机械化学校的录取通知，让我在约定时间去学校报到。学校在集宁市（现为乌兰察布市集宁区），从和林格尔县城过去要一百多公里。

在这之前，我连呼市都没有去过，就连和林格尔县城我也只去过一两次。

我是在农历七月二十五日中午吃过午饭出发的。从家里到和林格尔县城有五十公里路程，我步行走了一下午，到晚上才到达一个叫武松的村子，路程刚好一半。我在武松住了一晚。第二天早上三四点钟，天还没亮，我就起早赶路，步行走了半天才到县城。

走在路上根本看不清路面，只能隐约看到影影绰绰的楼房。

我在县城买了车票，坐中巴车去呼市。县城到呼市的班车很少，一天只有一个班次。我早上七八点钟开始在售票窗口排队，如果晚一些，连车票都买不到。我排队排了两三个小时，到中午才买到下午四五点钟去呼市的车票。

车里坐了二十多个人，挤得满满当当，加上路面都是土路，车子行驶在土路上摇摇晃晃。

我姑姑住在呼市，到了呼市，我在她家里住了一晚，第二天买了去集宁的火车票。那时候还是绿皮火车，速度很慢，一路上走走停停。

没想到的是，我们到了学校，竟然没有办法上课。学校里正在盖教学大楼。更没想到的是，班主任召集大家集合以后，要求大家帮忙搬砖建教学楼。

搬砖的地方离学校有三四公里路程。我们把砖背在背上，少则七八块砖，多则十几块砖，没有手推车或平板拖车，完全靠步行。

第七章 | 停课（1961年）

很多人可能觉得搬砖不辛苦，但是如果让一个人搬砖走三四公里路程，那就真的很辛苦了。我们都是学生，没啥力气，往往走一段路就要休息一下，不然胳膊酸痛得受不了。几天下来，腰酸背痛，胳膊更得酸痛得抬不起来。

我们第一天搬的砖最多，每个人差不多都能搬十几块砖。但从第二天开始，搬砖的数量不断减少。从十几块砖到七八块砖，最后两天甚至每个人只能搬五六块砖。

算算看，我们每天四个来回，每次平均搬八块砖，每个人每天就是三十二块砖，全校两千学生每天就能搬六七万块砖。一个多星期就能搬几十万块砖。我们那时候做什么事情都是靠人海战术。

我们搬了一个多星期，然后到工地上给老师傅打下手，帮忙搅拌水泥。

接下来，学校要求我们去郊区农户家里帮忙收秋。为啥要去帮农户收秋，我们那时候也搞不明白，反正学校让干啥就干啥。我们两千多号学生浩浩荡荡，收秋又收了一个多星期。

搬砖、打下手、收秋，这么陆续忙活了差不多一个多月，天气也冷了，我们才开始在老的平房教室里上课。教室里烧面儿炭（指小块小块细碎的煤炭）取暖。

但在1961年十二月底，也可能是1962年元旦过后——具体时间确实有些模糊了，我记得是在元旦前后，相差不会超过一个星期——一场意外发生了。

我们接到学校的紧急通知，全校两千师生到操场上集合。主持这场大会的是学校校长。大会开始前，大家不知道发生什么事，都在交头接耳、窃窃私语。直到校长脸色严肃地登上讲台，人群里才停止骚动。

校长的意思非常明确：

中国刚走出三年困难时期，现在国际和国内形势非常严峻。我们学校也要宣布停办。当然，形势好转以后，你们还可以回来。我们随时欢迎同学们回来。

校长在讲台讲了老半天，最后收尾总结基本上清晰明了。那时候大家好像都充满革命热情，并没有同学出现反对的声音或行为。大家都默默接受了。哪怕不接受，还能有什么办法呢？虽然我们来到学校也就三四个月——干活干了一两个月，上课上了一两个月。然后，我们被迫"辍学"了。

很多事确实很难预料。

我们回到宿舍，收拾好行李，各自回家。我和所有同学一样，都以为这些困难是暂时的，过几个月形势好转，我们就能回来。但是没有想到，国内的经济形势始终没有太大好转，我们这一走就再也没有回来。

短短几个月，我跟同学们还没认识，有些只是打个照面，连名字都喊不出来，结果就这么突然分开，从此各奔东西，音讯全无。

我不知道其他同学有没有收到过学校的通知，我自己没有收到过任何通知。那时候通信设施很落后，消息很闭塞，人们沟通信息的手段非常有限。没有电话、手机，人们平时联系主要靠书信，寄一封信需要十天半个月才能收到。

  我乘坐绿皮火车回呼市,再转中巴到县城,最后回到农村老家好来沟。一夜之间,我又回到这片土地上做农民,面对庄稼和四季,这让我熟悉又陌生。有时候,作为我们村里第一个走出去的知识分子我觉得自己很幸运;有时候又觉得其实我还是一个农民,始终没有离开过这片土地,也没有改变自己的命运。

  但有什么办法呢?不过幸好,我学到的知识总算还有一些用处。回到村里,我在生产队里当会计,哥哥在家里种地。我知道自己不是种地的料。那时候我非常迷茫,不知道未来在哪里,我能做什么。

  等待我的一切都是未知。

第八章

我的婚事 1964年

中专停课回家第二年,我跟赵玉梅订婚了。我们俩是通过媒人介绍认识的。

最关心我婚事的还是哥哥。哥哥开始一心一意给我找对象,多方打听,托人介绍,正好我爱人的一个亲戚在我们村,这个亲戚最后成了我的媒人。

通过他的介绍,我和赵玉梅认识了。

赵玉梅是山西右玉县黄家窑村人,那也是一个山大沟深、穷山恶水的地方,跟我们村就隔了一道土长城。从我们家到她家,需要翻过土长城的缺口,三四十里路程,步行需要半天时间(约莫四个小时)。

赵玉梅小我六岁,有一个弟弟。在她七岁那年,父亲就去世了。母亲带着她和四岁的弟弟改嫁,继父家里还有一个儿子,比我大五六岁,她母亲和继父生了两个孩子。

说起来，她家比我们家还穷。

她当时的想法是，一定要离开这个贫穷落后的地方。不然什么时候饿死在这里都说不准。找人一打听，内蒙古的口粮还比较宽裕，比山西多一倍，再者，那里离山西很近。有同样想法的不止她一个人，经过媒人介绍，他们村子里有四个小姐妹嫁到内蒙古来。

虽然我们家是村里最穷的，但好歹每个人每年的口粮也能分到三百六十斤左右，包括粮食、土豆等。我爱人他们家每个人每年只有一百八十斤口粮，是我们的一半。换句话说，每人每天不到半斤口粮，只够吃一顿饭的，其他两顿饭饿肚子。如果将一顿饭分成三顿吃，每顿一两五左右，三五口就吃完了，做成糊糊也只够喝一碗，可每天还要下地劳动，这点补给显然不够。

见面那年，我虚岁二十二岁，我爱人虚岁十六岁。我们第一次见面，她自己没一件像样衣服，最后穿了妈妈的老人裤子，从邻居家借了顶帽子。

我们俩相亲的时候，我正好在村子里做会计，看上去还蛮体面。

第一次跟我见面，她觉得我这个人不太爱说话，不像找对象的。不过接触以后，感觉我们家确实比他们山西富裕很多。土坯做的房子很大，一共三个房间，房间里打扫得干净清爽，早上还有莜面小米做的稀饭吃，在她看来简直是人间美味。

我们见面那天是五月初五。我倒是没有想到她能记得这么清楚。后来想起，五月初五是端午节。我记得有一次她是骑着毛驴从山西来内蒙古的，至于是第一次见面，还是订婚那天我有点记不清了。当时骑毛驴跟现在坐出租车差不多，需要付钱，用工分兑换，借一次毛驴需要八个工分。

那时候人们生活日用品都是凭票购买，布票内蒙古一年一人六尺，山西一年一人三尺，煤油每户一个月半斤，火柴每户每月一盒，棉花一年一人半斤。

从订婚到结婚，我给她买过一身夏衣、一身棉衣、一双球鞋，还有供销社给的对流券（相当于现在的购物券）、买袜子用的布票，买球鞋也要五寸布票。穿戴方面，给她买过最好的衣服还是我们俩认识前，原本给哥哥结婚准备的灯芯绒裤子。

原本应该由父亲来张罗我的婚事，但他向来不喜欢做这种琐碎的事务。我的婚事自然落到哥哥头上。

我结婚的时候哥哥二十八岁，已经远远过了结婚的年龄。他的想法是，兄弟俩不能都打光棍。毕竟，那时候结婚的成本也不低。

接下来就是彩礼，说起来有点惊人。我记得我们结婚的彩礼是由介绍人和女方父母协商的，粮食一担（三百斤），加一千块钱彩礼。三百斤粮食相当于一个人近一年的口粮（按照内蒙古的标准，每人每年三百六十斤口粮。如果按照山西的标准，已经是近两年的口粮）。

这是哥哥存了好几年的粮食。

彩礼一千块钱也不是个小数字，按照当时是最高价钱了。一般情况下，彩礼是五百块钱到八百块钱，没有超过一千块钱的。

介绍人问："你们是否能拿得出，彩礼需要结婚前交清。"

说真的，我心里直犯嘀咕，偷偷跟哥哥讲："要不就算了，叫人们听见笑话。"哥哥不同意我的说法："到你结婚的年龄还有两年，每年辛苦点，种好自留地，多拔点年蓬，有年蓬籽，吃炒面窝窝头都行，这东西咱们都是吃过的。"

哥哥说："再也不能走我的路，咱们家不能再有第二个光棍了。彩礼钱的事，我看咱们连父亲两个半劳动力，每年分红的钱也有两百块钱左右，加上现有的一点积蓄，不足的部分再向亲戚们借一下，也不是多大的问题。这件事由我主张，就这么办吧。"

父母也都附和："穷人家的孩子过门后也好接待，要求不高，这件事就这么定下来了。"

当然，后来我才了解到，我爱人家确实是饥寒难忍。她父母逼迫要这么多彩礼，主要是继父跟前妻有一个儿子，到了该结婚的年龄，打算拿这一千块钱给儿子娶个媳妇。从这一点不难看出，我爱人他们姐弟在继父家的地位。平时前妻的儿子除了集体劳动外，家里的活很少干，甚至不干，柴水、挖野菜等杂活都是他们姐弟俩的事，他们姐弟从小就是一对苦命人。我爱人从小性子急，带着弟弟上山挖野菜，去地里捡黑山药（就是秋收后遗留在地里的山药），和村里同伴们一起捡柴火。他们总比别人干活多，而且从不偷懒。

婚礼定在农历二月初五，父亲找人选的日子。结婚迎亲前两三天，刚下了一场雪，地面的积雪有四五厘米厚。虽然到了阳历三月，已经过了立春，但和林格尔还是很冷，如果没有要紧的事，大家宁愿窝在炕上，紧闭房门，不肯出门。

因为要办婚礼，原本沉闷的村子一下子热闹起来。唢呐吹起来，穿透力非常强，那喜庆的声音能传出几公里远。

我堂姐夫去生产队里借了辆马车——平时借驴借马都需要用工分兑换，轮到结婚等喜事不需要工分兑换，可以免费借用——然后喊上媒人和两三个唢呐手，他们四五个人组成一个迎亲队伍，天不亮就出发了。

马车经过改造，造了一个圆拱形的舱，有点像船舱，外面披了一床花被子。

站在村口，往西南方向，能清楚看到明朝的土长城和烽火台。穿过土长城过去就是山西，称为"口里"，土长城外面称为"口外"。这个"口"就是杀虎口。从我们村子到口里这八九里地还能走车，再过去进入山西境内，前面横着一条沟，挡住去路，迎亲的人只能把马车停下，卸下马鞍，只牵着马进村。进村还要翻过整座山，走完剩下三十里地，差不多也要三个小时。

到我爱人家正好赶上吃早饭，早饭是一人一碗豆面，就是用豌豆磨碎做成面。这已经是当时招待客人能给的最高礼遇，换在平时只能吃高粱籽磨成的面。

吃完早饭，迎亲队伍接上我爱人，开始往回赶路。

出嫁那天，我爱人家里热闹得很，听说连他们公社书记都跑到村口来看热闹了。我爱人坐在马上，穿一身红色的夹袄，袖口很宽，腰摆很圆，这身衣服还是从我姑姑这里借的。裤子穿的是大裆裤，看上去很肥，比一般的裤子要宽松很多。换作现在，很多年轻人故意把穿大裆裤当成一种时尚；但在六十年代，能穿出去的衣服并不多，穿大裆裤已经是最体面的衣服了。

步行三个小时，重新把马车安装好，我爱人坐进马车的车厢里，迎亲队伍接着上路，后面这段路距离好来沟村很近，差不多走上不到一个小时就进村了。

进村的时候赶上吃午饭。村里几十户人家几乎都过来了，结婚份子钱是五毛钱到一块钱。婚宴上没有酒，主要是条件不成熟，大家用土豆渣子酿酒，酿酒技术不过关，酿出来的酒完全没法喝。

我到现在都记得很清楚，婚宴上一共上了三个菜：豆芽、粉条、豆腐。粉条上稍微漂了一些肉丝，这是唯一一道荤菜。

结婚的时候能上这三道菜算是非常丰盛了。我结婚那天，哥哥一直忙里忙外，招呼客人，张罗各种琐碎的事情。

结婚过门后不到一个月，我爱人就和村里的女人们一起参加劳动。

按照村里的习惯，新娶来的媳妇在半年内是不用参加劳动的，可我爱人不管生产队的习俗，该干啥干啥。在家里，母亲因为年纪大，干活手脚慢。我爱人在生产队干完活，一收工回家就接着主动帮忙做饭，打扫家里的卫生，喂鸡喂猪等，从来不用母亲呼唤。婆媳相处很融洽。平时家里面的衣服，她缝新补旧样样能干，该修补的修补，该拆洗的拆洗。那时候在农村，庄户人穿鞋都是手工缝的布鞋，笨重、结实、不美观。一般人是不花钱买鞋穿的，做鞋这种活对女人们来说比较费时费力，在平时生产队干活时，她们兜里装着鞋底或者鞋拔子，干活中间休息时拿出来缝一会儿。

凭良心讲，我爱人是个好女人，在人情世故方面比我强很多。我和哥哥都是那种不太懂人情世故的人，这方面我爱人确实是了不起的。她比一般女人能干，关键是她跟村里邻居打交道的能力很强。她嫁给我之前，我们家冷冷清清的；她嫁给我以后，家里面比以前热闹多了。经常有邻居来家里串门，叔伯妯娌相处特别融洽，从来没有和村里人吵过架。

我爱人热情好客，无论我的朋友还是她的朋友，只要有人来家里做客，她都要热情款待一番，炒几个菜招待大家。哥哥心疼粮食，认为我爱人这样请客有点铺张浪费，脸色就沉下来了。但他不会当面生气，让我爱人下不了台。

哥哥气冲冲走出家门，到村子里转悠，逢人就讲："我们家里开饭店了，快去我们家里吃饭！"

后来村里人常说："苏二（指我父亲）给儿子娶回个媳妇后，那家人改门换户了！"

这一点村里人是公认的。

从我爱人十八岁来到我们家,我们的光景一年比一年好。大家同心协力,家和万事兴。

毕竟,我们一家和父亲、母亲、哥哥共同生活在一个大院子里,要说没点摩擦不太可能。遇到发生争吵,我爱人不顶嘴,哥哥吵几句也就过去了。

我爱人性格有点大大咧咧,说话做事爽快利落,虽说穷怕了,但该吃吃该喝喝。按照哥哥的生活标准,我爱人不太会过日子,太浪费了。跟哥哥比,我们都有点浪费。

吃完饭,哥哥的碗里就像水洗过一样,干干净净。我们吃过饭,碗里到处都是剩下来的粮食粒。哥哥就生气:"为什么不吃干净?这么浪费!"我们要是把土豆皮剥了丢掉,哥哥就会生气:"土豆皮也能吃!"

哥哥发起脾气来,推筷子撂碗,有时候气氛会有点尴尬。我爱人有时候觉得哥哥太小气,规矩太多,这也不行,那也不行,没人能让他满意。

我后来跟我爱人解释,哥哥毕竟是一家之主,家里的大小农活都是哥哥在做,他非常辛苦地养活一大家人。而且,哥哥又是长辈,能体谅就体谅。有时候母亲也会帮忙跟我爱人说一些安慰的话,让她不要往心里去。

说实在话,我们全是靠共产党富起来的。我们这代人经历过旧社会,对那种吃不饱穿不暖、饥寒交迫的生活深有感受。在我们家里真正做到勤俭节约,不浪费一粒粮食的是母亲和哥哥,他们最怕挨饿和受冻。

哥哥在生产队干活的时候,只要饭菜里有点油水和肉,他就要带回来，给家里人吃。哥哥对粮食相当爱惜，相当仔细，地里头收秋的时候粮食穗子掉到地上，他会把它捡起来。家里馒头油饼放久了、发霉了，他不舍得扔，把发霉的地方撕掉皮，接着吃。哥哥经历过饿肚子的年代，特别珍惜粮食，每一粒粮食都来之不易。

母亲在家做饭，一般情况下很少剩饭。平时孩子们碗里剩饭或者掉些饭粒到地上，哥哥就会发脾气。经历了二十世纪六十年代三年困难时期，中国的经济底子很薄弱，所以我们时刻教育孩子们千万不能浪费粮食。

在我们村里头，像我们这一代人结婚后独立成家，有几户人家里还有两三个孩子，家底薄，连续几年没有喂猪羊。这几户人家平时别说吃肉，饭菜里连点油水都没有，就是白水煮菜，没有营养，实在吃不下去。女人们在干活时随便拉家常说出来，我爱人听说以后，瞒着家里人先后给这几户人家送了一些饭菜。多少年过去了，这些人有时候聚在一起说起来还很感激，说当时手指头大的一点油放在饭菜里，四五口人吃起来比现在的肉菜还香。

如果说我的父亲、母亲和哥哥为我构建了最初的完整世界，但这个世界是静态的、缓慢的、模糊不清的；那么随着我爱人的到来，我生活的世界开始发生翻天覆地的变化。我爱人逐渐让我们苏家改头换面。

放在过去，我们家里是沉闷的，也是沉默的，就像孤岛一样，跟邻居之间少有联系。

我爱人开始让我生活的世界快速运转起来，我逐渐意识到这个世界是动态的、迅速的、清晰的，是绚丽多姿、丰富多彩的，充满智慧和无限可能，充满欢乐和喜悦。

就像大海航行需要舵手，不夸张地说，我爱人就是我们家这艘大船上的舵手。别看她没有读过几天书，文凭也没我高，但她心思活络，非常热情，非常有智慧，善于察言观色，喜欢跟人打交道，她是真正具有生存智慧的一个女人。

从被哥哥戏称我们家是村里的"苏家大饭店"开始，我爱人就已经非常清晰地知道自己在做什么。她说，村里人过去觉得我们穷，觉得我们小气，不跟我们打交道，照这样下去，我们的孩子们以后怎么办呢？儿子要不要娶媳妇，女儿要不要嫁人？

的确，可能是因为过去生活太苦了，哥哥非常节俭，跟我爱人的作风截然相反。但他们都没有错。

都说女人对一个家庭的影响很大，这话一点不错。小到一个家庭的生存，大到一个家族的崛起，都需要有一个具有真知灼见、目光长远的人来领航。就像在结婚之前，我的三观、认知、经验和经济基础等，都是从我的父亲、母亲和哥哥这里继承和熏陶的；在这之后，我的三观、认知、经验等，则更多地受益于我爱人。

后来发生的很多事情，更加印证了我爱人身上的生存智慧。

第九章

向老鼠"借"粮 1969年

每年秋天都是村里头最忙的时候,生产队里忙着收秋,大家将收割好的莜麦、高粱、土豆、谷子堆上驴车,一车一车运走。收割完的庄稼地里变得光秃秃一片,只等来年春天重新犁地耕种。庄稼地大部分都在山上,自上而下,形成自然的梯田。

这是我们结婚后的第一个秋天。

生产队收秋以后,刚过完八月十五中秋节,村里头就开始有人每天一大早带上锄头或耙子去山上刨土豆——土豆跟莜麦和高粱一样,在我们这里是主食——土豆地里的泥土刚被翻新过,新鲜的泥土下面藏着无数落下的土豆。

我爱人喊我一起去刨土豆,我不肯。真要去刨土豆,早上天不亮就要起床,扛上锄头,背上箩筐就上山。如果去晚了,别人就把土豆刨完了。我早上赖床,不肯起床,当然,心里觉得面子上挂不住。我怎么着也是半个知识分子,这些都是生产队的粮食和庄稼,我们去生产队的庄稼地里刨土豆跟偷有什么分别?

不过我爱人不这么想。大家都去刨土豆,攒口粮,难不成口粮吃完了,要挨饿吗?我爱人从小就饿怕了,哥哥也是。

见我不同意,我爱人急得睡不着觉。怕别人都把土豆刨完了,我爱人就拼命在我耳边唠叨。不过,我爱人的唠叨还是有用的。最后,拗不过她,我们带上锄头、铲子、耙子和箩筐就出发了。

相比之下,哥哥起床更早,他喊也不喊我们一声,就一个人上山去了。

没想到第一天我们就刨了一百多斤土豆,装了整整两箩筐——这可不是小的箩筐,是那种半米高的大箩筐。这真是了不起。我们简直高兴坏了,就像发了笔横财。实际上,只要土壤肥沃,土豆是很高产的。当然,还有一个关键因素是,大家给生产队里刨土豆时,似乎有意无意落下很多土豆在泥土里,就是为了后面偷偷去刨土豆,给自己存一些过冬的口粮。

后面几天,我们每天都能刨出好多土豆,少则三五十斤,多则上百斤。刨完一块土豆地,我们接着跑去别的山头,继续刨。我们几乎翻遍了村里每一寸土豆地。每天都能背一两箩筐土豆回家。

背回家以后,我们把土豆藏在院子的地窖里。地窖跟现在的冰箱差不多,瓜果蔬菜和粮食储存在地窖里,可以保鲜。那时候几乎每户人家在院子里都会挖上一个地窖,长三四米,宽一两米,能储藏不少粮食。

我们连续刨了两个星期土豆,足足有一千多斤,将地窖塞得满满当当。当时就在想,这么多土豆够我们吃多久呀。按照每个人每年

第九章 | 向老鼠"借"粮（1969年）

三百六十斤口粮计算，这相当于至少三个人全年的口粮。

虽然那时候是人民公社，粮食归生产队，我们分不到，但实际上，生产队给每家每户都预留了一些自留地。大概每个人一分地，我们家里正好分了半亩自留地，自留地里种了土豆、玉米和高粱。

这半亩地每年也有不错的收成。

除了刨土豆、自留地的收成，哥哥后来在老鼠洞里发现更多口粮。那时候，我已经结婚四五年，生了两个闺女。老大叫苏宇清，小名叫莲子，平时我们都喊她小名。老二叫苏灵芝，我们都喊她二子，二子刚出生。

哥哥给生产队放牛，放牛的时候比较清闲，只要把牛往草地里一放，拴上绳子，然后把绳子固定在地上。绳子不到十米长，足够牛沿着木桩画出一个直径十几米长的圆，圆里的草足够牛吃上一天。到现在，村里很多人放牛放羊、喂马或驴子吃草，都是用的这种办法。

空余时间，哥哥就四处闲逛，闲逛时发现庄稼地里有几个老鼠洞。洞口堆了新鲜的小土堆，有的像馒头大小，有的更大，像一座小山丘。如果不是因为生产队已经收完庄稼，这些老鼠洞肯定是看不到的。地里种庄稼的时候，老鼠洞全都藏在庄稼地里，非常隐蔽，不太容易被人发现。但是生产队里收完庄稼，老鼠洞就全部暴露了。

老鼠洞的洞口附近往往光秃秃的，杂草被磨得很干净。这是因为老鼠偷完粮食，把粮食运回老鼠洞里，每天来回往返，把地面的杂草磨秃了。

所以沿着光秃秃的搬运路线，很容易找到老鼠洞的藏身处。

这些专门偷庄稼的老鼠叫田鼠。

哥哥找来铁锹挖老鼠洞，想看看洞里是不是有粮食，或者其他好东西，挖下去以后，慢慢看清楚老鼠洞的结构。都说狡兔三窟，但跟老鼠洞比起来，那简直是小儿科。老鼠洞里不止三个窟，它们会在地下挖很多互通的地道，有专门的储藏室、卫生间和育儿的房间。储藏室里堆满粮食。

田鼠偷的粮食取决于地里的庄稼：靠近玉米地就偷玉米，靠近谷子地就偷谷子，靠近大豆地就偷大豆，靠近花生地就偷花生。总之，田鼠们就地取材。它们偷偷把粮食运到老鼠洞的储藏室里。

后来，我们听说田鼠偷粮食是准备过冬吃的。如果它们洞里储存的粮食被偷走了，这些老鼠到了冬天可能会被饿死，因为它们没有任何东西可吃。不像其他季节，它们随时都能在庄稼地里偷吃的。

哥哥高兴坏了，他从第一个洞里挖出四五斤粮食，接着，他挖了第二个、第三个老鼠洞。几天下来，他几乎挖遍附近庄稼地里的老鼠洞，前前后后竟然挖出七八十斤粮食。到了后来，根据老鼠洞口土堆的新鲜程度，哥哥就能判断出老鼠洞里能挖出多少粮食。

如果第二年春天耕地时挖出老鼠洞，里面只能看到老鼠吃剩下的粮食壳。

哥哥是我们村里第一个发现老鼠洞里存粮食的人。知道了这个消息，第二年收秋后，村里很多人就带上铁锹去地里挖老鼠洞，向老鼠"借"

粮。这些粮食如果放到现在，估计是没人敢吃的。但在缺衣少粮的年代，这些粮食来之不易。

也是从这一年开始，我跟父亲母亲他们分家了。我们一家四口是一家，父亲、母亲和哥哥是一家。说是分家，其实也只是名义上的分家，并没有实质变化。我们还是生活在一起，住在父亲、哥哥和我在1958年建造的土坯房子里。

我们在土坯房子的西面加盖了两个房间，我们还没有能力新造一座房子。这样，土坯建的房子一共五个房间，除了西面第二个房间和东面第三个房间住人，其他房间都用来堆放粮食和杂物。

第十章

新店子修造厂　1972年

三子（三女儿苏宇婧）出生时正是草原上最生动的时候。光秃秃的草原开始长满青草，空气里都能闻到青草的香味，夹杂着牛羊马粪刺鼻的腥臭味。虽然我们这里是高原，丘陵山坡众多，沟壑众多，但地广人稀，视野极其开阔。站在任何一个位置，整个草原尽收眼底，望不到尽头。

不过，草原的秋天冬天是很枯燥很单调的，到处都是枯草、泥土和黄沙，视野之内没有半点绿意。

1971年农历三月，三子出生，我委实有点不高兴。从那一天起，我就没给过我爱人好脸色。她看我每天阴沉着脸，也不敢跟我说话。她知道我在想什么。她每天夜里起来几次，给孩子喂奶，睡不好觉。她喊我帮忙，我也不太乐意。这时候往往都是莲子和二子在帮忙。莲子已经六岁，二子三岁了。

我一直盼望有个儿子，结果我爱人连生了三个女儿，这让我在农村里有点抬不起头来。农村里风言风语很多，如果谁家没有儿子，就只有被欺负的份。而且，遇到收秋没有个劳动力不行，庄稼地里都是脏活、苦活、累活，女人家做不了。每个家庭都是靠男劳动力在赚钱养家。

随着三子出生，我明显感到肩上的担子更重了。结婚前，我跟着父亲、母亲、哥哥吃喝，现在家里多出四口人，意味着我们需要更多口粮。我感觉自己处在夹缝里：做农民不会种地干活，做知识分子又没有合适的工作。

有段时间，我意志消沉，做什么事情都提不起精神来。我在想，下一步该怎么办？都说车到山前必有路，又说天无绝人之路，可我的出路到底在哪里？

熬到第二年，听说新店子修造厂在招人，招的人里包括电焊工、修理工。我就想，要不去试一下？不说别的，我读中专时候学的就是机械修理专业，虽然只读了一个多月就被迫辍学了，但我对修理还是很有兴趣的。

从好来沟村到新店子镇十几公里路程，骑自行车要一个多小时，步行起码要大半天。

新店子修造厂里包括木匠、铁匠、裁缝、电焊等在内，一共十几个工人。我过去以后做的是电焊修理。

我感觉在这方面我还是有一些天分的。开始很长一段时间，我修理东西很慢，可能没经验，无从下手。我边看说明书边自己琢磨，然后去书店里买一些修理方面的书回来，每天一有空就看书。

第十章 | 新店子修造厂（1972年）

用现在的话说，我在新店子修造厂的工作是个"铁饭碗"，待遇不错，住在单位宿舍。跟我住在同一间宿舍的同事叫王介民。

王介民这个人倒是挺有意思。王介民是个大高个，身高一米八几，在我们厂里个头最高。王介民是山西杀虎口人，之所以来我们这里工作，主要是投靠姐姐、姐夫。他姐姐嫁到新店子镇的一个村子里，他姐夫在村里当村支书。

我说我脑子好使，王介民的脑子比我还好使，什么东西一学就会。他跟他爱人是初中同学还是小学同学，那时候能读几年书都是很了不起的事情。

我在厂里第一个月，工资就领了三十二块钱，后面高的时候，每个月工资四五十块钱，吃住基本上不太花钱。那时候，在生产队里一年的工分折合成工资也就六七十块钱。我在修造厂干两个月的收入相当于在生产队里干一年。

四子（四女儿苏永玲）出生以后，我简直泄气了。我爱人连生了四个闺女，而我大伯、三叔家的兄弟们都有了自己的儿子们。

虽然没有抱怨什么，但很长一段时间，我脸色确实不太好看，连干活都觉得浑身没有力气。我举起锤子敲击生铁的时候就像敲打在棉花上，每天吃饭觉得没有味道，晚上翻来覆去睡不着。

随着四子出生，包括我在内，家里一共六张嘴需要养活，压力很大。

而且，莲子已经到了读小学的年龄。

这一年，哥哥四十一岁。虽然年龄有点大，但随着家里条件改善，他也不是没有机会结婚。我后来听村里的人说，村里有个寡妇对我哥哥印象不错，如果我哥哥愿意娶人家，倒是可以找媒人上门提亲。

哥哥反倒扭捏起来。我们试着劝他找个寡妇结婚，以后老了好歹有个老伴照顾。这事最后还是没了下文。

村里人对我哥哥唯一不好的印象就是觉得他太小气、太抠门，一分钱都不舍得花，对自己都不舍得，更别说对其他人了。甚至有人说起风凉话，说他不娶人家寡妇是因为不舍得花钱。

但他们又不得不承认，我哥哥是村子里最勤快的。哥哥每天凌晨四点多，天还没亮就起床了。他起床以后第一件事就是挑起水桶，到村子西南面的老水井里打水，回去以后，开始喂猪、喂牛羊。

1975年农历九月初七，这一天是我一生中最高兴的日子，也是我来到新店子修造厂的第四年。

我爱人生下个大胖小子，也就是我们家老五，我给他取名叫苏永官（高中时，他把名字改为苏宇），希望他以后能官运亨通，尽管后来他并没有进入官场。我那时候考虑的是，当官的人都是知识分子，端着铁饭碗，生活得很体面。古人不也是说么，"学而优则仕"。

知道是男孩，哥哥比我还高兴。哥哥没有结婚，没有子女，对我的几个孩子视如己出。他跟我唯一的区别是，遇到学习成绩不好，或者不听话的情况，我会打骂孩子，他不会，他比我更溺爱几个孩子。

怀苏宇之前，我爱人老说心慌胸闷，有时候心跳突然加快，浑身不舒服。我带她去医院检查，医生说是心脏病。这可把我给吓坏了。听说我们想再要孩子，医生非常严厉地批评我们："有心脏病还敢生孩子？你这是不顾命了？"

后来我们换了家医院检查才知道，这个不是心脏病，是心悸，可能是平时太劳累了，需要注意多休息。

第十一章

地震以后 1976 年

1976年农历三月的一天,草原的春天来了。前一天晚上,我和王介民吃过晚饭,照例躺在床上聊家常。我们俩经常一忙就是一天,累了一天,晚上九十点钟上床睡觉,经常聊着聊着就睡着了。

凌晨四点左右,我睡得正香,黑暗中王介民把我推搡醒:"润生,快起来!地震了!快跑!"

我一下子被吓醒了,衣服也没来得及穿,直接把一床被子裹在身上,跑了出去。跑到工厂的院子里,发现整个工厂十几二十号人全都跑出来了。有的人穿着单衣冻得直哆嗦,有的人衣服穿反了,也有的人像我一样,没来得及穿衣服,裹上被子就跑出来了。

大家交头接耳叽叽喳喳。在大家断断续续的讲述中,我大概听清楚了事发经过。有人说他们在睡梦中被轰隆隆的声音吵醒,屋子摇晃得非常厉害,很多东西从货架上掉下来了,跑出来以后,能看到天边有强烈的亮光。

后来收到政府通报，我们才知道阳历四月六日凌晨四点左右，和林格尔发生 6.2 级地震，有六十七个乡镇受灾。

实际上，在地震前一段时间，已经陆续出现一些征兆：县城的几口深水井水位变浅了；地震前两天的晚上，和林格尔县城的天空非常阴暗，打了十几声响雷和闪电，但是没有下雨。这在内蒙古非常反常，因为内蒙古要在六月以后才有雷声、闪电和雨水。

天很快亮了，厂区恢复了平静，好像地震已经过去，偶尔还是会伴有余震。胆子大的人冲进工厂宿舍里抢出几件衣服穿上。

我担心家里人遇到困难，没来得及吃早饭就骑上自行车回家了。说起这辆自行车，也是很有故事：到新店子修造厂的第二年，我花三十块钱买了辆二手的永久牌自行车，这也是我们村里的第一辆自行车。那时候大家出行都靠步行，这辆自行车几乎花掉我一个月工资。只是我当时也没想到，这辆自行车会陪伴我三十多年之久。

家里发生的事情，后来还是我爱人讲给我听的。

夜里天不亮，她听到轰隆隆响，玻璃摇摇晃晃，家里的瓶瓶罐罐哗啦啦响。用我爱人的话说，她开始不知道是发生地震，以为有不干净的东西窜到房间里来了。

发生地震时，莲子跟我父亲、哥哥睡在西面房间的土炕上。我母亲跟我爱人，还有二子、三子、四子和苏宇睡在东面隔壁房间的土炕上。这段时间，四子得了肺炎；苏宇最小，才七个月大，还没满周岁。

我父亲和哥哥最先发现情况不对，很快意识到发生地震了，带上莲子，跑到院子里。

哥哥推开我爱人他们这个房间的窗户，大声喊："快把永永（苏宇的小名）递给我！"

我爱人不肯；外面风这么大，万一孩子着凉了怎么办？她给苏宇裹好衣服，抱着苏宇从房间里冲出去。我母亲用被子裹上四子，抱到院子里。二子、三子也都自己跑出去了。

那会儿我舅舅在村子里做村支书，地震发生以后，他从家里跑出来，沿着马路挨家挨户通知大家："地震了！地震了！大家赶快搬出来住，后面可能还会有余震。女人和孩子住到帐篷里，其他人尽量住在自家院子里。"

政府在每个乡镇和村子里都搭建了一个非常大的临时帐篷，帐篷能容纳五六十号人，仅供女人和孩子住。大部分人家在自己院子里用草棚搭建了一个临时帐篷，把家里的被子铺上去，安置成睡觉的地方。

我爱人带孩子在政府搭建的临时帐篷里住了两天，觉得很不习惯，索性回家里住了。父亲和哥哥在自家院子里用高粱秆搭了个临时帐篷，家里人就这样在院子里住了十几天，中间发生过几次余震，但都没有破坏性。大家感觉应该没事了，陆续搬回窑洞里住。住回窑洞，我爱人他们才发现有一间窑洞在地震后出现了一条裂缝，不过好在没有倒塌的危险。

可能是这次地震改变了和林格尔的地质结构——当然，我们也是几年以后才逐渐意识到这些问题的——地震以前，浑河水浩浩荡荡，水浅时淹没到膝盖,水深时到人的腰部。汛期时,任何人都没法过河,只能等到汛期结束才行。但是地震以后,浑河再也没有以往浩浩荡荡的壮观气象了,它开始像一个老人一样,变得细水长流,水浅时淹没到脚踝,水深时也不到膝盖,至多只有二三十厘米深。

地震以后,正好赶上重新划分行政区,新店子分为新店子和新丰两个乡镇(开始叫乡,后来统一改为镇)。我离开新店子修造厂,去了新丰修造厂。

到新丰修造厂工作的第二年,考虑到给孩子们更好的教育,我把爱人和几个孩子都接到工厂宿舍,把孩子们转到附近的新丰小学读书。但我把三子一个人留在好来沟村,陪父亲、母亲和哥哥他们。

单位分给我一间工厂宿舍,大概二十多个平方,宿舍进门就是客厅和厨房,房间最里面三面靠墙的位置做了一个大土炕,并排能睡十几个人。

我不会打牌、下象棋,空闲的时候偶尔看看同事打牌、下象棋,或者看看书,尤其是历史、武侠和人物传记。那时候家里虽然面积不大,但我考虑到孩子们要做作业,总要有个书桌,就给孩子们买了张书桌。书桌上有个小书柜,书柜上摆了很多书,都是《隋唐演义》《封神演义》《水浒传》《西游记》《杨家将》《呼家将》《薛刚反唐》《薛仁贵征西》这一类历史演义类的书。

要说原因,大概也是受到父亲的影响。

第十一章 | 地震以后（1976年）

父亲一生走南闯北，因此见了很多世面，见多识广。他爱看社戏，爱听人家讲评书，评书里大多都是讲这一类故事。父亲记性好，听完别人讲的评书，回到家里，居然能原原本本复述给我们听，包括我家里的几个孩子，以及村里的邻居。

家里最热闹的时候就是父亲坐在炕上给大家讲评书的时候。讲到兴奋时，他的八字胡就成了脸上最生动的表情符号。看到八字胡的每一次变化，大家似乎就能感受到剧情的跌宕起伏；是振奋，还是伤心；是紧张，还是痛苦。

也是在这时候，我觉得父亲是迷人的、充满魅力的。

当然，没想到我的这一喜好会影响到自己的孩子。四子和苏宇非常喜欢读书学习，他们几乎把我书柜上的书都翻烂了。直到很多年以后，我仍记得我给他们订过一本杂志叫《少年文艺》，开始是四子先读，读完讲给苏宇听。等到苏宇读小学了，他就开始自己读书。

哥哥在家里养了一头牛，周末或假期时，苏宇就去好来沟陪他大爹和爷爷奶奶。他牵上牛出去放牛，放牛的位置就是我小时候出生的窑洞附近的山沟里。他大爹就在不远处的坡地上种地。

趁着放牛的空隙，苏宇就在山沟里找个舒服的位置看书。

我忘记是苏宇自己还是他大爹跟我讲的，苏宇看书入了迷，把牛给弄丢了。他大爹在高处喊话："永永，你放的牛呢？"

"啊？牛不见了吗？"

苏宇到处找，急得满头大汗，也没找到牛跑到哪里去了。换作平时，牛就在附近一片吃草，不会走很远。

他大爹告诉他："有头牛掉进前面沟底的洞里去了，好像是我们家的牛。"

果然，苏宇找过去，发现山沟底长年被雨水冲刷，冲刷出一个四五米深的黑洞。牛可能在往前走的时候，踩到靠近洞口边沿的土坡，土坡塌了，结果掉进洞里。估计那会儿牛已经填饱了肚子，居然没有喊叫。

洞的一侧很陡，另一侧有个斜坡，但是洞口很小，坡也不平，牛根本出不来。他大爹就带上铁锹过来，把洞口挖大、坡面铲平，然后把牛从洞里牵上来。

有一天夜里，父亲、母亲、哥哥和三子已经上床睡了。迷糊中，听到窗外起风了，风像看不见的狼群，在黑暗中撕扯和吞噬草原上的一切事物——窗棂咣当作响，两棵杏树在窗外摇晃，隔壁传来狗的叫喊——接着是刺眼的闪电，屋顶滚动的雷声。

哥哥最先被惊醒，接着是父亲、母亲和三子。哥哥起身穿上衣服，跟大家打了声招呼，带上镰刀等工具，一屁股跳上马车，赶着马车去地里干活。他惦记着几亩自留地里的庄稼。庄稼已经成熟，马上就要收秋了。如果来场暴风雨，几亩地的庄稼可能就要烂在泥巴里，泡在水里腐烂了。

这样一来，不仅家里几年的口粮没有了，这些粮食原本可以卖了换钱，一旦被暴风雨浸泡，不知要损失多少钱。

我到现在都很难想象哥哥是怎么度过这一整个夜晚的。暴风刮了一夜。旷野上没有人，没有月光和灯光，到处漆黑一片。哥哥一个人弯腰收秋，手里的镰刀在黑暗中发出收秋时咔嚓咔嚓的响声。这响声只有哥哥一个人能听到。

草原上有各种蛇虫鼠蚁，尤其是毒蛇和狼，虽然不像小时候那么常见，但偶尔会出现在村里，遇到人群后又夹着尾巴逃跑。苏宇读小学的时候，在浑河附近的山坡上遇到一只狼，万幸的是，他感觉到危险后及时逃跑。

换作是我，一个人在无边的旷野里，在暴风和雷声里，内心该是多么恐慌！

母亲以为哥哥去去就回。每隔十几分钟，母亲就迈着小脚颤颤巍巍挪到院子门外，沿着家门口的马路眺望远处，看哥哥有没有回来。三子怕她摔倒，就一路搀扶着。

母亲神情落寞，脸上写满忧虑。她担心风这么大，万一下了暴雨，哥哥一个人困在外面回不来怎么办？会不会遇到危险？被雨淋到感冒生病怎么办？

母亲跟三子说："三子，等你们以后长大了，一定要对你大爹好一点啊。"

三子还在读小学三四年级，似懂非懂地点了点头。

"万一以后我不在了,你大爹一个人该怎么生活?除了干农活,他啥也不会做,不会洗衣做饭,不会缝缝补补,要是生病身边也没人照顾……"母亲年纪大了,有时候难免有些唠叨。母亲经常跟三子唠叨起我哥哥,言语间有数不完的操心和惦念。

哥哥直到天亮才回来,三子和我母亲也一直守到天亮。回来以后,哥哥吃了母亲做的早饭,接着就赶马车出门去了。因为这场暴风,他把收秋的时间提前,跟时间赛跑,希望赶在暴雨来临之前把地里的庄稼收完,多收割一亩是一亩,少损失一点是一点。

不过幸好,直到哥哥把几亩地的庄稼全部收割完,暴雨也没有落下。暴风就像人的坏脾气,来得快去得也快。实际上,第二天开始,暴风和雷声就渐渐消失了,但哥哥总是放心不下,生怕暴风雨卷土重来。

这些事情都是三子长大以后讲给我听的。三子在好来沟陪我父母亲和哥哥他们一起生活了很多年。

我到新丰修造厂工作的第四年,也是国家推行改革开放的第二年,农村开始分配土地,包产到户。我们家里分到近九十亩地,哥哥在家里种地。我在新丰修造厂也迎来一次新的转折。

新丰修造厂原本有二三十号人,改革开放把全厂的员工都给遣散掉了。跟我一起工作了七八年的同事王介民离开修造厂,去山西煤矿做电焊工。整个修造厂就剩下我一个人。要不是考虑到几个孩子都在学校读书,

第十一章 | 地震以后（1976年）

我也想回好来沟了。

转念一想也不对，我回去以后能干什么呢？除了自己擅长的电焊和修理手艺，农活也做不来，浑身上下就剩下这点手艺了。

也是从这一年开始，我做出一个大胆的决定：给修造厂做业务保底，每年上交三百块钱给厂里，多出来的就是自己赚的；但如果亏了，每年需要上交的钱也一分不能少。这跟改革开放的包产到户是一样的道理。

我平均每个月上交给厂里不到三十块钱，自己还能剩下来四五十块钱。

家里五个孩子，莲子和二子都在读初中；三子在好来沟小学读书，跟爷爷奶奶、大爹一起生活；四子和苏宇在新丰小学读书。我对几个孩子要求相当严格，说实话，莲子、二子没少挨打。莲子在学校里早恋，成绩也不好，经常挨打。

莲子初中时跟一个叫常芳放的男生早恋。有人把莲子早恋的消息告诉我，我把她打了一顿，但她死活不承认自己早恋，说她是清白的，跟对方只是朋友，没有交往过。常芳放家里比较穷，从外地转学到新丰中学，比莲子高一个年级，提前一年毕业去外地读中专。毕业前，莲子在一个小树林里看书，常芳放走过去，送了她一个笔记本和一块手帕，笔记本上留了句励志的赠言。

这个笔记本和这块手帕成了莲子早恋的"罪证"。

新丰中学的升学率很高，在当时中专很难考的情况下，新丰中学有超过一半的人能考上中专院校。这在其他学校几乎是不可能的，大部分学校每年能有三五个人考上中专就已经很不错了。所以，新丰中学名声在外，知道的家长都想尽办法把孩子送到新丰中学来读书。

常芳放转学到新丰中学以后，很快跟同学们熟悉起来，然后给学校里的女生打分，满分是五分。他给莲子打了四分，已经是学校里的最高分。可能就是从那时候开始，他们俩认识了。

中学毕业以后，常芳放每年给莲子写一封信，都很规矩。

家里孩子多了，自然而然形成一个小江湖。二子和三子是一队，四子和苏宇是一队。

相比之下，四子和苏宇几乎没有挨打过，我印象中一次都没打过四子。他们俩平时关系很要好，年龄相差不大，学习成绩也好，在家里也听话，能自己管好自己，确实没有让我操心过。他们俩每天放学回家，吃完晚饭，就把饭桌搬到土炕上做作业。

几个孩子经常挤在一个炕上，叽叽喳喳吵个不停。可苏宇照样能在这么吵闹的环境下安心学习、看书，好像一点都不受影响。

每次考完试，我都要求几个孩子必须把试卷带回来检查。遇到考试成绩不好的情况我也会把他们一顿臭骂："你是干啥的，为什么别人能考好，你考不好！你干啥去了？"

二子就是这样，盯得紧一些，成绩就上去了；一放松，成绩就下来了。

第十一章 | 地震以后（1976年）

有空的时候，我会去学校跟每个孩子的班主任沟通，主要就是了解几个孩子在学校里有没有闯祸。好在四个女孩子算是比较听话。

苏宇小时候性格比较急躁，我担心他到了学校闯祸，就跟他讲："你在学校里不准跟别的孩子打架，要是我听说你跟谁打架，回来我饶不了你。"

有一次礼拜天，苏宇跟学校里的一个女孩子看电视的时候，不知道怎么回事，两个人打起来了。女孩子比他大两岁，他吃亏挨打了，到中午吃饭的时候没敢回家。

那时候，家里有电视的人很少，学校里也只有三台黑白电视。

肚子饿了，苏宇就去那个女孩子家，赖在人家家门口不走。女孩子家里条件挺好的，是供销社家属，中午吃饭都吃的白面馒头，我们家里吃的都是莜面。女孩子的妈妈跟苏宇说："你该回家吃饭了。"苏宇不吭声，就是赖着不走。最后，女孩子的妈妈给了苏宇一个馒头，他拿着馒头走了。

苏宇不走的意思就是：你打了我，我不敢回家，你给我吃个馒头，我不饿着就行。

我后来知道这事的时候笑坏了，还是女孩子的妈妈告诉我爱人，我爱人回来讲给我听的。我那时候比较忙，平时更多地都是我爱人在教育几个孩子。她对几个孩子的要求是：诚实，不能撒谎，交朋友要交心。

她对孩子是这样，对我哥哥也是这样。虽然一直以来，我爱人跟我哥哥有点性格不合，但她对我哥哥始终没有抱怨过。只要我们家里有吃的，她都会想到给我哥哥留一份。

那时候，学校里每周只有周日一天休息，到了周六傍晚，莲子或二子放学回到家里，跟我爱人打个招呼，然后步行去好来沟。

这是孩子们最开心的时候，也是父亲、母亲、哥哥最开心的时候。只是我没有意识到，这也是三子最开心的时候。

到了傍晚，三子从村小放学回家以后，一个人跑到村口，孤零零站在那里，往新丰的方向张望，等着两个姐姐或其中的一个回来。可能过了很多年，三子心里仍会觉得委屈，会觉得我和我爱人抛弃了她，带走其他孩子，唯独把她一个人留在好来沟。

现实情况是，我父亲母亲和哥哥没人照顾，他们跟几个孩子一起生活了几年，不舍得我们把孩子都接走。

莲子每次从好来沟回来，就会说起妹妹——妹妹扎着两根冲天的马尾辫，送她到村口，眼里全是委屈和不舍。直到莲子已经走出去很远，三子还站在村口不肯离开。

直到三子十一岁这一年，我爱人考虑到孩子大了，继续和爷爷奶奶他们住在一起多有不便；另外，也考虑到三子的教育问题，便把三子接回到身边来住。

三子离开时，我父母亲和哥哥难过得不行，拉着她的手不舍得放她走。

后来还是四子说起她放学回家以后看到三子的情景——家里有个小女孩，站在房间的衣柜前，眼睛里写满了恐惧和胆怯，不断用后背蹭背后的衣柜。

第十一章 | 地震以后（1976年）

很长一段时间，三子都好像并不适应这个新家的环境。

应该说，值得庆幸的是，在我们这个大家庭里，哥哥、我和我爱人，我们三个人的人生目标完全一致，这是非常不容易的一件事情。

我们三个人都坚信一点：读书可以改变命运。

对普通家庭来说，读书是改变命运最好的出路。不然，我的孩子们、孩子的孩子们就只能像我和我的祖祖辈辈一样，一辈子待在这个穷山沟里走不出去。

所以，当我看到孩子们和他们的孩子都通过读书改变命运，过上更好的生活时，再来回想起往日经历过的风雨，反而觉得一切都是值得的，经历过的所有艰难困苦好像也没有那么难以跨越。尽管这些艰难困苦在当时看来就像一座座耸立的高山，挡在我们面前。

跟现在的父母比，我们的教育观可能算不得先进。我觉得教育说白了就是言传身教，循循善诱地教导孩子如何做人，如何做事。可能这方面我爱人做得比较好。

都说要想知道孩子是什么样的人，最好看看他的父母。父母的一言一行，孩子们都看在眼里，他们跟着父母有样学样。在做生意的家庭里，孩子从小受到做生意的熏陶，长大后更有可能具备生意头脑。在书香门第的家庭里，孩子从小喜欢读书，长大后更容易成为喜欢读书和有思想的人。

就像我从小和哥哥互帮互助、一起成长，我就希望我的孩子们也是这样，一生都能团结友爱，互帮互助，共同成长。

我希望孩子们经历时间和风雨以后,性格依旧温顺和气,不骄不躁,不喜不悲,从容过好这一生。

第十二章

哥哥的九十亩地 1978年

自从来了新丰修造厂，我很少回好来沟，总感觉每天有忙不完的活。

哥哥还是跟以前一样，身上永远穿一件藏青色的中山装——中山装已经洗得有点泛白，戴一顶鸭舌帽，脚上穿一双母亲给他缝制的布鞋。我家里有双布鞋也是母亲亲手给我缝的，后来条件好些了，我才给自己买了双部队穿的那种黄帆布胶鞋。从我记事起，哥哥就是这么一身装扮，他没有给自己买过一双鞋子、一件衣服。

除了干农活或赚钱养家必需的牛羊、骡子和农具，我只见他从镇上的集市上给自己买过两件东西——一把二胡和一根老烟斗。

这是哥哥的两大爱好。哥哥喜欢拉二胡和抽烟。

哥哥拉二胡全靠自学，没有人教过他，拉的曲目我也不记得了。每年正月初五迎喜神的时候，村里有人来邀请他去拉二胡。他便过去拉几曲。

父亲抽的是旱烟，哥哥抽的是水烟。旱烟和水烟稍微有点不太一样。

父亲抽的旱烟是用一根木制的烟杆,一头是翠绿的玉质烟嘴,非常圆润;另一头是青铜色的烟锅。烟杆上挂了一只小布袋,布袋里装着烟叶,烟叶有点像碧螺春。想抽的时候,他就从布袋里取几片烟叶,自己用手碾碎,将碎烟叶按压到烟锅里。

哥哥的烟杆是用羊腿骨做的。

水烟的烟叶是烟饼,一块一块的,想抽的时候掰小小一块,用手指揉碎了,塞进烟锅里。抽一口力道很大,焦油含量很高,且不说没有抽过的人,哪怕是经常抽烟的人,抽一口也可能被呛得咳嗽半天。抽完以后,将烟锅在石头上敲几下,把烟叶的渣倒掉。

从 1981 年开始,在近十年的时间里,哥哥每天 24 小时的安排几乎都是一样的:

早上三四点钟,那会儿天还没亮,哥哥起床挑水。在村口西南面四五百米处有一口水井,路面坑坑洼洼,如果去晚了,到了早上七八点钟,井里可能就没水了。水井两米多深,存不了多少水,完全靠地下的水慢慢往上渗,井水非常浑浊,按照现在来说并不干净。冬天的时候,井里的水多一点。

有时候去晚了一会,还会有人把水桶放在一旁,等井口四周墙壁上渗出的水滴,慢慢形成一坑坑水。

哥哥挑水回来以后喂猪、喂牛羊,然后扒拉几口早饭,去地里干活。

哥哥在地里忙到下午三四点钟,回家扒拉几口午饭,接着去地里干活,再回家的时候已经是晚上十点以后,母亲给他留的饭菜都已经冷了。

第十二章 | 哥哥的九十亩地（1978年）

天冷的时候，他热一热饭菜，吃了以后躺下睡觉。有时候累得不想动，哥哥就直接吃冷掉的饭菜。

算一下，哥哥每天干活时间长达十八个小时，睡觉时间只有短短六个小时。很难想象，哥哥一个人种九十亩地是怎么熬过来的。这是一件几乎不可能做到的事情。

那十年时间，从虚岁四十八岁到五十八岁，哥哥很拼，这也是他身体最好的十年。我不知道这是因为他在自己十二岁那年冬天向母亲和年幼的我立下的誓言，许诺要给我们更好的生活，还是因为他知道我那时遇到了新的压力——同时抚养五个孩子，想要帮我。

哥哥经常跟我说："做农民，到我们这一代为止。"

我和哥哥希望，我的父亲母亲，以及他们更早一辈所经历过的苦和泪，孩子们不要再重复经历，在农村耕田种地靠天吃饭实在太辛苦了；我们希望他们一个个都能够从这里走出去，去外面的世界看一看，闯一闯，通过读书改变自己的命运，毕业以后找到更好的工作，有更好的婚姻和生活。

这是哥哥和我奋斗的全部动力。

此后十年，哥哥用尽他全部的精力和时间。

考虑到哥哥干农活很辛苦，都是靠人力推动平板车，我又正巧在做修理的工作，就没跟哥哥商量，主动帮哥哥做了一辆马车，用来装运庄稼和货物。除了两只轮子是我花了几十块钱买回来的，其他材料都是我用电焊焊接的。

1958年，我们造房子的时候，家里装运货物用的是单轮的平板车，后来换成两轮的平板车，它们都是靠人自己推或拉，我们累得像牲口一样。

改革开放以后，包干到户，农民有了田地，干活的积极性也调动起来了。我们家里分到近九十亩地，都是哥哥一个人种。虽然我们已经搬到新丰修造厂的工厂宿舍来住，但户口还在老家，分田地也有我们一份，我们那一份给了哥哥种。

生活条件改善以后，农民开始置办牲口和农具。在改革开放以后第三年还是第四年，我一个人去中旗镇，在镇上集市花六百块钱帮哥哥买了头骡子回来。家里还养了一头牛和十几只羊，最多的时候养了二十多只羊。

骡子是马和驴杂交后的产物，比马和驴子更有力气。买回家的时候骡子还小，哥哥很小心，像宝贝一样护着，驮运货物或庄稼的时候一次不敢装运太多，生怕累坏了它。

我做修理就像哥哥种地一样熟练。我简单画个草图框架，量好材料的尺寸，用机器切割铁板。准备完毕以后，戴上护眼罩，看着电焊刺眼的光在我面前一闪一灭。

我给哥哥焊的平板车比普通人拉的平板车要更长更宽，因为有了骡子，可以多装运一些货物。当然，车身也重很多。

三四天以后，我让村里人捎话给哥哥，让他过来取车。

他牵着骡子就过来了，还是穿着一身旧的中山装。我经常怀疑他是

第十二章 | 哥哥的九十亩地（1978年）

不是一身衣服要穿几个月才洗一次，虽然我知道他有几套一模一样的中山装。

骡子时不时打着响鼻，急躁时用脚刨地。哥哥熟练地给骡子套上马鞍，把平板车车辕固定在骡子的身体两侧，然后甩了甩鞭子，双脚一跳，一屁股上了平板车，紧挨着骡子的屁股。赶车的时候，骡子的屁股一抖一抖，尾巴在身后甩来甩去。

哥哥没有留下来吃饭就直接回去了。

看着哥哥的背影，我鼻子一酸，眼泪忍不住掉了下来。我心想，有了这辆马车，哥哥终于可以稍微轻松一点了。

早些年，在农村种地一般需要两个人，一个人在前面拉犁，一个人在后面播种。播种的种子装在一个长方形的笸箩里，需要撒种子的时候，用手在笸箩里伸手抓一把种子，撒在地里。这时候，哥哥就跟村里的邻居搭伙，今天你帮我种地；等我这里忙完了，后面一段时间我帮你种地。

这九十亩地大部分是坡地，有点像南方的梯田。光播种的活，哥哥每年都要忙上三四个月。他半天时间能种三四亩地，从清明过后一直忙到芒种，经过五个节令。地里主要种黍子、谷子、土豆、玉米、高粱、莜麦，还有豌豆、黄豆等豆类作物。

收秋以后，哥哥用马车装了几袋粮食，给我送过来。临走时，他从怀里掏出一卷钞票，递给我。第一次给我的时候，我死活不肯要。他就说：

"我在家里没多少用钱的地方。你这里几个孩子都在读书,到处都需要花钱。你就收着吧。"

这次以后,哥哥给我送钱的次数越来越多。他每隔一两个月、两三个月,就要乘坐马车来新丰修造厂一趟。这次可能是卖了粮食的几百块钱;下次可能是家里的羊下了一窝小羊羔,卖了小羊羔的几百块钱。他担心钱放在家里被偷,放在身上弄丢。

我们村里有个习俗,每年到了夏天六七月或七八月,正好羊肥了,村里几十户人家凑到一起搭平伙,杀掉一只羊,放到一口大锅里炖羊肉,然后每人分上一碗。比方说买一只羊要六百块钱,三十个人搭平伙,每个人交二十块钱,分一碗羊肉。哥哥从不参加,他想的是,能省一些是一些。

改革开放以后,我们家里已经不存在饿肚子这回事了。我记得包干到户的第一年,哥哥自己种地,收秋的时候光豌豆就收了十几担;别的还有莜麦,在房间里堆了谷仓,堆得很高。

照理来说,能吃饱饭填饱肚子,哥哥和我爱人之间的矛盾也该解除了,然而并没有。哥哥依旧很节省,我爱人其实也节省。但我们跟哥哥比,都属于铺张浪费。比如哪天饭多做一点,剩下了就是浪费。哥哥老是骂我爱人:"你这是浪费粮食!剩下的这些饭怎么办?"

确实如此,剩下的饭菜能放的放到第二天接着吃,不能放的饭菜只能搅拌在猪食里喂猪。

每到吃饭的时候,饭桌上气氛就很紧张。

第十二章 | 哥哥的九十亩地（1978 年）

从他四五岁开始，哥哥每年冬天都要出去捡牛粪——牛粪只有在冬天的时候才好捡，夏天的牛粪拉下来以后是稀的，铲不起来；冬天的牛粪拉下来以后就会结冰冻住——一开始哥哥背着柳条筐，每天出去几趟，把捡回来的牛粪堆在家门口猪圈一侧的空地上，经过风吹日晒，牛粪就干掉了。冬天如果家里没有足够的柴火，就把牛粪塞到灶台下面烧火。

有了马车以后，他每年冬天赶马车出去捡牛粪。苏宇从小学三年级开始，坐在马车上，跟着他大爹出去捡牛粪，吃过早饭出去，到下午两三点钟回来。

哥哥用铲牛粪的叉子把地上的牛粪铲放到柳条筐里，一天下来，差不多能铲一车牛粪。车上装了十个柳条筐，每个筐都装满牛粪，很有成就感。哥哥用马车把牛粪运回家，外面还要用东西围一圈，这样牛粪可以堆得更高。

自从几个孩子陆续读书以后，我压力确实挺大的，寅吃卯粮的事经常发生。尤其是每年过完暑假，几个孩子开学交学费，莲子和二子每人几百块钱学费和生活费，三子、四子和苏宇的学费加起来一两千块钱。我们就从亲戚朋友处借一些，这里借个三百，那里借个两百，等赚了钱，再还给人家。

这方面我爱人做得比我好，我们赚的每一分钱，她都存起来。

我经常跟她开玩笑说："只要一上了五块钱，就出不了世了。"意思是，我赚的钱只要超过五块钱，我爱人就要存到家里的抽屉里，锁上。"出不了世"，就是在这个世界上消失了，在家里面不会出现了。孩子们的学费就是这么一点点积累起来的。

存到下一个学期开学前，我爱人才打开抽屉，把钱取出来，给每个孩子交学费。孩子们都知道，这个抽屉就是家里唯一的一个小金库，但永远都不够用。

这个小金库只在1982年的时候最富裕。

1982年初，修造厂的生意突然开始好起来了，又赶上我爱人怀孕，挺着个大肚子，预产期是在农历六月，还有几个月才生。

那一年，我去山西的一个县城接了不少大订单，给拖拉机车主做驾驶舱，每套驾驶舱收一千块钱。

我第一个月就接到两笔订单，每个订单收一千块钱。哇，确实开心坏了！这两千块钱对我来说简直就是天文数字。我过去一年都赚不到这么多，平时修修东西也就收个几块钱。一千块钱是什么概念？那时候镇长的年收入四百块钱左右。

接了这单业务后，我一年的收入没有一万，也有八千。

那时候村里要是谁家存款超过一万、被称为"万元户"，就代表这家人非常有钱。那时候米才一毛多钱一斤，肉也就几毛钱一斤。一万块钱可以买很多很多东西。

山西盛产煤炭，车主买拖拉机用来运送煤炭，但他们买回来的拖拉机没有驾驶舱。县里规定，所有的拖拉机必须安装驾驶舱，否则不能办

第十二章 | 哥哥的九十亩地（1978年）

理落户。

可能是运气比较好，我正好把这个业务接了。我要做的就是帮车主安装驾驶舱，包括驾驶舱上的玻璃和铁罩。

铁罩需要喷漆，里面喷古铜色的油漆，外面喷白色的油漆，车门上还得喷上"新丰修造厂"的字样，这在当时是非常有影响力的广告。

做完一单业务，我就过去揽新的业务，做一个驾驶舱大概需要一个星期左右。

从修造厂到隔壁县城的距离差不多有一百公里，坐班车摇摇晃晃也要两三个小时。但问题是，班车很少，并不是随时都有，时间也不确定。遇到有班车就坐班车过去，没有班车的时候我就只能骑自行车过去，骑自行车起码要骑上一天时间。

只是我没有想到，这单生意后来被当地基层干部眼红盯上，业务说断就断了。

没有了这个大订单业务，平时的小业务不能维持我们庞大的开支，我最后咬咬牙，跟新丰修造厂终止了合作。

我又一次回到好来沟做回农民。也是在这一年，我爱人又生了个大胖小子，就是家里的老六苏永兴。

考虑到父亲因早年抽大烟养不起儿子，因此只生了我们哥弟两个，所以我思前想后，还想要个儿子，这样兄弟俩相互有个照应，一个感觉总有点孤单。

永兴出生以后，圆了我们的梦，我也算是心想事成，全家人高兴极了。

计划生育政策颁布后，我们因此被公社罚了一百块钱。

要说吃苦耐劳，无论如何都绕不过母亲和哥哥，而且，他们从不抱怨。我从小看在眼里，记在心里，耳濡目染，所以结婚以后，有了家庭的重担，我逐渐明白责任、担当，也愿意为责任和担当吃苦耐劳地工作。

想起哥哥一生操劳，为了父母双亲，为了我，为了我的几个孩子，一次又一次放弃自己的大好人生。

从他小时候看着锅里的清汤寡水跟我和母亲说的，一定要让我们过上好日子；到他在呼市工程队转正式工时考虑到年迈的父母，最终选择回家务农；到他放弃自己的婚姻，为我的婚事花光积蓄和口粮；到分家以后，他平土坡，脱土坯，砌墙建造房子；再到他在人民公社的时候，向老鼠"借"粮；再到改革开放以后，哥哥一个人种了近九十亩地，整个人几乎不要命了似的连轴转，不是在干农活，就是在去干农活的路上……

哥哥把自己卖粮食赚到的每一分钱都给了我。

可以说，论吃苦耐劳我不如哥哥，他是我们村里每天早上第一个起床开始干活的，也是我们村里夜里最后一个干完农活回家休息的。

都说榜样的力量是无穷的。一直以来，哥哥都是我最好的人生榜样，他的言行举止影响我一生，就像春风细雨，润物无声。

第十三章

父亲去世 1986 年

回到好来沟还是觉得很亲切,我重新跟父亲、母亲、哥哥他们生活在一起。知道我们要回来,母亲忙着帮我们把之前空出来的两个房间收拾干净。二十多年过去了,我们住的还是这套土坯房子。房顶圆弧形的天花板上,大片墙皮脱落,露出一块块土坯,以及土坯和土坯之间的缝隙。

院子里种了两棵杏树。到了夏天,树上长满金黄色的杏子,这是孩子们最开心的时候。父亲找来板凳或梯子,上去帮孩子们摘杏子。村里面不少人家都在院子里种了杏树,但听孩子们说,就我们家的杏子是最好吃的,非常甜,而且多汁。他们去别人家玩的时候尝过别人家的杏子,吃不出甜的味道来。

安顿好以后,我去镇里买了辆四轮拖拉机,十二三马力的柴油机,前面两个小轮子,后面两个大轮子。平时主要用来拉土、拉砖,以及运货。

也是这次回来以后,我才注意到,父亲和母亲的身体大不如以前。

换作两三年前，父亲隔三岔五挑着两筐熟了的杏子步行送到修造厂里。那时候，父亲留着八字胡，身体还很结实，七十多岁的老人，腰背挺直，走起路来双脚生风。

有一次，中间只隔了一两天，父亲又挑了两筐杏子过来。进门以后，苏宇就问："爷爷你怎么又来了？"

莲子接着反问一句："你为什么说爷爷又来了？你是不欢迎吗？"

苏宇急了："我不是不欢迎。"

然后，就为这事，苏宇追着大姐打。看到苏宇有点胡闹，我气不打一处来，走上去，冲着苏宇的屁股踢了两脚。他们姐弟俩这才停手。

可能是平时见面太少，父亲对这几个孩子宠得不行。有任何好吃的，他都想着几个孩子。听孩子们讲，他们经常坐在学校教室里上课，听到有人在窗外喊，就见爷爷从窗外偷偷地塞糖进来给他们吃。

假期的时候，孩子们回到好来沟，父亲就坐在炕上给他们讲故事。那些故事都是他这么多年在外面听书听来的一些历史演义的故事。孩子们听得似懂非懂。

到了年关，家家都要去买春联和年画。年画有点像小人书，一套年画有十幅小画，类似《武松打虎》《孙悟空三打白骨精》这样的故事。那时候孩子们可以阅读的东西很少，遇到年画感觉像捡到了宝贝一样珍惜。

年关前后，村里的戏台是最热闹的地方。父亲带着几个孩子去看社戏。在我们这里，社戏也叫二人台，主要就是两个人在露天的台子上演出。台下黑压压坐满了看戏的人。

第十三章 | 父亲去世（1986年）

父亲晚年保留了嗜好——抽两口老烟，喝两口老酒。他喝酒时喜欢去供销社柜台买二两散装酒，配一些白砂糖。喝一口酒，吃两口白砂糖。那时候物质比较匮乏，没有多少下酒菜，再说，老人家也是想着能省则省。

苏宇十一岁这年，他读小学三年级。莲子和二子也是在这一年考上中专。莲子考的是内蒙古建材工业学校，二子考的是内蒙古医学院卫校。这时候几个孩子能够帮衬一下他们大爹干农活了。实际上，从读小学一年级开始，苏宇每年暑假都要回好来沟，帮大爹放牛。到三年级的时候，他干起活来已经有模有样了。

有一天，苏宇开开心心地拎了一只兔子回来。开始我们还以为是他大爹抓的兔子。那时候村里经常有人出去打猎。尤其冬天的时候，整个草原上光秃秃一片，视野非常开阔，哪怕有只兔子从一百米开外跑过，都能看得一清二楚。

经常打猎的人清楚，兔子走路有个特点；它一般不走新路，每天走的是同一条路。打猎的人利用兔子的这个特点，找到兔子走过的痕迹，在路上用绳子设套，绳子打了活扣。等着兔子第二天再一次经过这里的时候，一旦兔子的脖子伸进绳套，绳子自动系住、拉紧，之前打好的活扣就变成了死结，兔子被绳套套住，就像鱼上了钩。

我问苏宇："你大爹抓的兔子？"

苏宇很认真地说："不是，是我抓的。"

他接着给我们讲他是怎么抓到这只兔子的——

我跟大爹出去放牛，大爹在地里干活。我一个人在附近放牛、看书。突然看到有一只老鹰从头顶往地面俯冲，我就知道肯定有事。

再抬起头，就看到老鹰从地面上抓住一只兔子，重新飞到半空，然后松开爪子，把兔子扔到地面摔死。

老鹰再一次从天上往下俯冲，准备把已经摔死的兔子抓走。

巧的是，老鹰抓兔子的时候离我几十米远。我从地上捡起一根棍子去追老鹰。

老鹰已经叼起兔子正准备飞走，刚飞起来没有多高，看到有人来追，吓坏了，就把兔子扔下来了。

这是一只灰色的兔子，个头挺肥的。我就把兔子捡回来了。

说起兔子，我倒是想起来，那会儿家里养了条白狗，身上有一些黄黑的斑点，农村里叫土狗，就是普通的中华田园犬。

苏宇小时候，整天带着白狗出去追兔子。

那时候我们住在新丰，每天放学以后，苏宇所有的时间都在陪这只白狗。他带着白狗到修造厂附近的山丘上去追兔子，这座五六米高的山丘上全是黄沙，看起来就像是一小片沙漠或者是海边的沙滩，夏天的时候很烫脚。

苏宇研究了一套追兔子的方法，他说追兔子的时候不能上坡，兔子上坡狗是追不上的；追兔子一定要下坡，把兔子从上面往下撵。兔子后腿长前腿短,下坡的时候跑得快,容易栽跟头,但兔子上坡的时候跑得飞快,狗是追不上的。他脑瓜子特别好使,从小就能够发现这种问题,还挺有意思的。

这只白狗陪苏宇度过了整个小学时光,后来有一天,白狗突然失踪了,不知道到底去了哪里,从此再也没回来。

孩子们都很伤心,尤其是苏宇,这只白狗陪了他好几年。我骑着自行车到周围几个村子里问了一圈,逢人就问,有没有见过这么一只白狗。

最后,我还是没有把它找回来。

在好来沟的那几年,每到暑假,哥哥就带上莲子、二子、三子去地里干活。三个闺女长大了,都能帮着干农活了。四子和苏宇一个读四年级,一个读二年级,虽然干活还不行,但至少能帮忙送饭。如果不送饭,哥哥每天都要忙到下午三四点钟才回家吃饭。

中午十一点多,母亲给哥哥他们做好饭菜。四子和苏宇负责送饭,送饭用的是一只黑色的瓦罐,陶瓷做的,四五十公分高,里面装了四个人的饭菜。四子和苏宇用一根棍子扛在肩膀上,两人步行把瓦罐抬到地里去,然后把主食和碗筷等装在一个单独的布袋子里。主食主要是馒头、莜面。

瓦罐里装的是烩菜,相当于大杂烩,有汤有菜,就是把土豆、白菜、豆角、萝卜等各种蔬菜放进锅里一起炖。

四子和苏宇回来说,他们每次路上都要歇一歇。

干活的三个闺女回来也说,她们跟大爹干活很辛苦,大爹要求非常苛刻。哪怕农活已经干完了,他们几个想要偷个懒都不行。大爹会让他们三个接着拔草,带回去喂猪和牛羊。

这一年冬天快到年关的时候,父亲突然感冒了,看上去并不严重,就是咳嗽,喉咙里有痰。

那天中午,父亲坐在炕上给孩子们说书,一起的还有村里的几个孩子。听说到了下午,父亲感冒有些加重。他脸色发暗,有点喘不过气来,于是躺到炕上休息。

父亲生病的时候,我正在新店子镇上拉石头建新房子。之所以考虑在新店子建房子,是因为在好来沟收入低,不能保证教育质量。

苏宇和他堂哥一起来镇上找我,苏宇哭着告诉我:"爸爸,爷爷生病了,病得很重。你快回去吧。"

两个孩子从家里步行过来要走大半天时间,骑自行车都要一个多小时,毕竟十几公里的路程在那里。

我让两个孩子坐到四轮车的车厢里,赶紧开车回家。回家的路上经过浑河。浑河河面很浅,只淹没到脚踝处。车轮碾过河床时发生咯吱咯吱的响声。

我问苏宇:"你们俩是怎么过河的?"

第十三章 | 父亲去世（1986 年）

苏宇说："我把棉裤和鞋子脱了，双手举过头顶，赤脚过河的。我过河以后，重新穿上棉裤和鞋子。堂哥不敢过河，是村里一个大人穿着皮裤抱他过来的。"

回到家里，看父亲的病情确实比较严重，我去镇上找了两个赤脚医生过来，给父亲检查一下。

医生来的时候太阳快要落山了。两个医生都三四十岁的样子，他们简单做了一下检查，没有说什么。

我爱人给两个医生收拾出一个房间，让他们吃过晚饭，在我们家里住一晚。晚饭吃的是白面馒头和炒菜。

吃过晚饭，我们恳求医生给父亲输液进行治疗。

医生给父亲打了一瓶吊针，观察了半天，没有明显起色，反而病情有些加重。

哥哥把我拉到一旁："感觉不对，医生给打了一针反而更严重了。"

说实话，我们也不懂，不知道医生打针用的是什么药。当然，也可能是那时候小地方的医生不像现在大城市里的医生水平这么高，医疗条件也没有这么完善。那时候村里条件还是很落后。

到了晚上八九点钟，两个医生摇了摇头，摆手说："老人恐怕不行了。"

后来听医生说，他们怀疑父亲得的是肺水肿，毕竟父亲已经八十多岁，年龄大了，身体器官已经开始衰竭。

第二天早上,父亲的病情仍然没有好转,还是重感冒状态。考虑到家里有医生在,我爱人他们都在陪护,我接到一单跑运输的单子,吃了早饭就出门了。

哪知夜里十二点钟左右,父亲去世了。

父亲走得很安详,没有太多痛苦。他像个孩子,躺在炕上睡着了。直到我们把他的身体抬进漆黑的棺材里,我才突然意识到:我和哥哥没了父亲。从此以后,我们再也见不到父亲了。

想到这里,我不禁悲从中来,在人群里失声痛哭。

我给父亲收拾遗物,除了一些旧衣服鞋子、一只抽了几十年的烟斗,好像再也没有什么东西留下。我把烟斗放进父亲的口袋里。

村里的老人六十岁以后,驼背很厉害,有的老人的后背甚至弯成了九十度直角。但父亲直到去世,腰背都是挺直的。

在这以后每次想起父亲,我都感觉像是做了一场梦。明明前一天中午他还好端端的,坐在炕上给孩子们说书,谁能想到,不到一天时间,人说没就没了。

一切来得太突然,就像和林格尔的这个冬天,天气几乎一夜之间突然变冷。浑河的河面已经结冰。房间里因为有土炕和暖气,非常暖和,但推门出去,外面就是刺骨的寒风,屋檐上垂挂着一根根像手指一样粗的冰凌。

和林格尔已经到了最冷的时候,零下二十多摄氏度。俗话说,"三九四九,隔门叫狗",意思是这样的天气实在太冷了,人们躲在

第十三章 | 父亲去世（1986 年）

房间里不肯出去，隔着门叫狗。遇到大雪天，想推门都推不开，门外是二三十厘米深的积雪和冰冻，将木门死死封冻住。

当然，和林格尔现在已经没有这么冷的天气了。

我和哥哥披麻戴孝，把父亲安葬到村口西面的墓地里。墓地在土长城烽火台西面两三百米远。墓地在高处的山坡上，山坡以下是哥哥种的几亩庄稼地。地里种了成片的莜麦、大豆和高粱。收秋以后，庄稼地里一直空着。这片庄稼地都是沙土土壤，土地有些贫瘠，因为常年干旱，土质比较硬，庄稼产量不高。

庄稼地原本是一层一层的梯田，耕地和播种时显得尤其困难，很不方便。我不知道哥哥花了几年时间，他竟然像愚公移山一样，把每块庄稼地梯田边缘的田埂全部铲平，将整片庄稼地连成完整的一片。田埂不见了，取而代之的是一整个平坦的斜坡。

我不明白哥哥为什么要这么做。哥哥解释说："我把田埂铲平了，以后永永（老五苏宇）和二永（老六苏永兴）万一回家来种地，就会省心很多，而且还能多出一些面积。"

哥哥一生用心良苦，处处帮衬我和我的六个孩子。他从来没有考虑过自己，没有度过真正属于自己的人生。我离家多年，没有陪在父亲、母亲和哥哥身边，他们遇到过什么困难，经历过什么样的波折，我并不清楚，很多事情都是后来几个孩子陆续讲给我听的。

按照风俗，我和哥哥亲手在父亲一米高的坟头旁边种下一棵柳树（这棵柳树是哥哥从山沟拉水长期浇灌养活的），希望能给父亲和这座新坟遮风挡雨。这个小小的坟茔里埋着我的父亲，也埋着父亲的两段人生——1949 年以前很少归家的父亲，1949 年以后为了养家糊口操劳后半生的父亲。

　　有时觉得，陪伴父亲几十年，我非常熟悉他的整个人生。但回想起父亲的一生时，我又发觉自己对父亲知之甚少，甚至回忆不出太多有关父亲的故事。

第十四章

浑河 1986 年

送完父亲没多久就是春节。这是我一生中唯一一个感受不到快乐气氛的春节。虽然我们按部就班，按照风俗习惯放鞭炮、炖羊肉、包饺子、炸油糕，一家人围坐在饭桌上吃年夜饭，但饭桌上没了父亲。

父亲的位置是主座，空在那里，没人肯坐上去，好像父亲随时会从外面推门进来，坐到空的座位上去。

大家心照不宣，低头吃饭，这更像是一种本能和习惯。

静止的空气里，我能听到秒针滴答的声音，像一滴滴水，掉在冰冷的石板上。这让我觉得痛苦与哀伤。

我知道大家都和我一样。

也是在这次春节，我们终于吃到母亲做的纯羊肉水饺。

在我印象里，母亲有些偏心。遇到喜庆日子或是每年春节，生产队里分一点肉，母亲会包饺子给我们吃。母亲包饺子时会把水饺分成两份，一份是纯羊肉水饺,分量很少,毕竟吃羊肉是很奢侈的事情;一份是土豆或其他蔬菜加少量羊肉的水饺。纯羊肉水饺是专门给父亲一个人吃的,我们所有人只有羡慕的份。我们只能吃土豆或其他蔬菜加少量羊肉的水饺。

父亲在世时经常冲母亲生气,有时甚至乱发一通脾气,但母亲从不反抗。年轻时我以为母亲太懦弱,但我和哥哥也不敢跟父亲正面对抗。父亲有山一样的静默和威严,时刻让我们望而却步。

直到很多年以后我才明白,母亲不是懦弱,而是深爱和宽容。当一个人深爱另一个人的时候,他能完全容忍对方身上的一切缺点。

我跟我爱人之间似乎也是这样,更多的时候是她对我更宽容和忍让。我遗传了父亲倔强和急躁的性格,也遗传了母亲的忍耐和坚持。

吃完年夜饭,当钟声敲响十二下,我意识到,旧的一年已经过去,新的一年开始了。

这时,村里鞭炮声不断,时不时一束冲天的烟花在夜空中绽放,像天女散花,无数细碎的火焰飞溅,然后消失不见。

我们在爆竹声中迎接新年。

我在心里默默许愿,希望母亲和哥哥身体健康,希望我的爱人和六个孩子健康、平安、喜乐。

正月初五,有人上门来喊哥哥过去帮忙拉二胡。全村人都在这一天出门迎喜神。

第十四章 | 浑河（1986年）

迎喜神的地方紧挨着浑河的支流，是一片离村口两三百米远的很开阔的空地。村里的女人经常在河边洗衣服。村里的水井干枯以后，村民经常到河边来挑水煮饭。

出门迎喜神这天，人们朝着喜神坐落的方向，行走几里路，叫"出兴"，表示出门迎接喜神的喜气，以后出门就不忌讳了，一年中顺利无阻，取其吉利。另外，人们会在这天请女儿、女婿到家团聚，俗称"吃外母娘"。

迎喜神是我们这里的一种风俗，也是一个非常盛大的节日。时间和方位都是由村里的老人找人占卜测算过的。每年都不在同一时间，也不在同一方位。今年可能是上午十点，明年可能是上午九点，今年的方位在东南，明年的方位可能换到西北。

确定时间和方位以后，整个村子里的人会牵着家里养的所有猪马驴牛羊，一家老小浩浩荡荡往迎喜神的方向进发。那场面非常壮观。如果只有百来号人倒也不觉得，关键是大家把家里的猪马驴牛羊都带上，那数量一下子扩充了很多倍。那时候挨家挨户养的猪马驴牛羊比人口要多得多。

赶到迎喜神的方位，大家各归其位：猪、马、驴、牛、羊赶到周围，该休息休息，该吃草吃草；村民们开始烧香、祭祀、祈福，希望未来一年风调雨顺，万事顺利无阻。

浑河是黄河的支流，发源地在山西平鲁区，在长城的杀虎口附近流入和林格尔后,先自东向西流,然后折向西南进入清水河县,最后在岔河口附近汇入黄河。

如果说黄河是中国的母亲河,那么浑河就是和林格尔的母亲河。浑河全长两百公里,超过一半在内蒙古境内,其中在和林格尔的长度超过七十公里。

跟国内千万条山川湖泊相比,浑河显得有点另类。

浑河的河谷时宽时窄,最宽处四公里,平均宽度为两公里,河道又宽又浅,水里有很多泥沙。浑河的深浅随着季节变化而变化,冬天结冰的时候最厚的地方有半米;春天、秋天水浅的时候可能只到脚踝处;夏天遇到洪水或汛期,水深可能淹没膝盖。

浑河的流向是自东向西流,也被称为"倒流河",这是非常少见的。

浑河还有一个特点是,流经我们村落时并没有很深的河沟,河道很浅,河水直接流经路面。村民们并没有在路面上架桥,行人经过时穿上雨靴或皮裤直接涉水而过。

浑河可能是和林格尔最好看的风景。尤其在我小的时候,在夏天或秋天的夜间,经常有大雁在浑河的滩涂上落脚休息;从天空或高处往下看,浑河在蓝天白云和绿树敖包的掩映下,像彩色飘带一样弯弯曲曲穿过草原和大地;浑河东岸至今仍完整保留着一条数百米长的古道遗迹,是清朝时旅蒙商人的行经之地。

浑河在收秋的时候最漂亮;草地已经枯黄,水流不急不慢,两岸绿树掩映。草地上有人搭起帐篷露营,还有一些牛羊在低头吃草。

第十四章 | 浑河（1986 年）

浑河两岸的绿树，河面倒映的蓝天白云，滩涂上红色的植被、白色的羊群，就像不同的色块均匀地染在一匹布上，让人感觉就像油画一样。

我的父亲在浑河边出生，父亲的祖辈在浑河边出生；我和我的哥哥姐姐在这里出生、长大，我的子女也在这里长大。

就像每天日出日落，我们每天进出村子都要经过浑河。

我小时候和村里的孩子们在浑河冬天河水冻结的冰面上玩冰车，我的孩子们小时候也在浑河的冰面上玩冰车；我结婚以后，有一次把我爱人背在背上过河；我的哥哥经常驱赶马车经过浑河，到修造厂给我送钱、送粮食；我的父亲在去世前，隔三岔五挑着担子经过浑河，给孩子们送金黄的杏子或糖果；几个孩子回村里也要经过浑河；村里的井里没水了，村民们来浑河支流取水（直到后来村里有了自来水）……

浑河流过我们生命里的日日夜夜，从未干涸，从未止歇。

印象最深的是两件事，一次发生在苏宇身上。哥哥给苏宇动手做了一辆冰车，看起来更像是一个木头板凳，上面是一块木板，木板下面架两根横档，横档下面是钢筋。人坐在板凳上，后面还能站一个人。

对孩子们来说，冰车是他们最喜欢的"自行车"，也是苏宇小时候最喜欢的玩具。

冬天的时候，浑河河面结冰，冰层很厚。苏宇经常带上冰车和冰锥去冰面玩冰车。冰锥是滑冰车时用到的两根铁杆子，把手多半是木制的，苏宇的冰锥是用钢筋做的。玩冰车的原理跟溜冰的原理一样；用冰锥撑住冰面，用力往后按压，冰车瞬间往前飞速开出去。

冰面上玩冰车的孩子很多。

苏宇经常炫耀说，他这个冰车是村里最好看的。哥哥的手工活做得确实不错，跟村里其他孩子的冰车相比，苏宇的这辆冰车非常精致。

有一次，苏宇带上四子一起去玩冰车，四子站在板凳后的木板上，双手抓着苏宇的肩膀。

结果，在冰车飞速行驶的过程中，意外发生了。

浑河的冰面厚的地方有半米，但有的地方冰层可能只有几厘米。冰车经过薄的冰面时，冰面碎裂，冰车和人掉进了冰窟窿里。幸亏浑河的河水不深。在零下二十多摄氏度的气温下，苏宇浑身湿透，冻得直哆嗦。

他带着冰车和四子跑回家，我才知道刚刚发生了什么事，赶紧给他换了衣服，然后让他钻到土炕上取暖。

还有一件事是在父亲去世以后，已经过了春节，我回到新店子镇接着操心盖房子的事。每天早出晚归，吃过早饭，开四轮车去拉石头和其他各种建筑材料，经常忙到傍晚甚至天黑才回来。

一天傍晚，我开车回来的路上经过浑河，只听见一声冰面碎裂的声响，一个后车轮陷进冰窟窿里。

虽然是空车，但我一个人推不动，没办法把车从冰窟窿里推出来。

能想到的办法我全试过了,一直折腾到天黑也没把车从冰窟窿里开出来。

实在没有办法,我只好把四轮车熄了火,丢在这里,步行回家。

第二天一早,我喊了哥哥和村里几个邻居,一起过来帮我拖车。结果到了跟前才发现,整个四轮车已经被冰冻在河里,像个冰雕,完全没法动弹。

我们几个人只好放弃拖车,懊恼地回去了,任由四轮车被冰封在这里。直到天气转暖,河面的冰层开始融化,我才一个人过来取车,这时车身已经生锈。

第十五章

自立门户 1987年

因为我爱人，我再一次决定离开好来沟。

回来四年，积蓄已经所剩无几。刚回来那会儿，我们存了快一万块钱，算得上是村里最富裕的家庭了。但架不住要支付六个孩子的学费、生活费，以及家里各种开支。随着莲子和二子在这一年考上中专，开销一下子多了很多。我突然意识到，这么点钱根本没法生活。

平时钱都放在我爱人这里，她比我更清楚所有开支去向。趁家里没人的时候，她跟我商量："咱们这样下去不行，在村里种地只能够我们一家人填饱肚子，根本存不住钱，更别说付几个孩子每年的学费和生活费了。要我说，咱们还是得出去做生意。只有靠做生意，才能供几个孩子继续读书。不然，后面只怕拿不出钱供他们读书了。"

我爱人说得没错，家里积蓄已经见底，如果一年没个几千块钱收入根本支撑不住。想起二十多年前，中专辍学后，我回到好来沟，迷茫了很长一段时间，找不到自己的未来在哪里，不知道以后能做什么。

这一次我仍然很迷茫：难道继续做修理？好像除了这个，别的我并不擅长。况且，以前我在新店子和新丰的修造厂干活，场地、厂房、设备、宿舍都是国家的；现在如果重新做修造厂，所有开支都是自己的。我要租场地、买设备、租房子或者造房子，这将会是一笔非常大的开支。

事实证明，我爱人的决策是对的。我们最终决定从好来沟走出去，这是我人生非常重要的一个转折点。

选择留在好来沟和走出好来沟，迎接我们的将是两种截然不同的命运。

正巧我爱人有个小姐妹的老公在镇政府工作，托他帮忙了解后，我们找镇政府拿了土地批文，在镇上划出一块宅基地，准备造房子。这将是我们人生意义上第一座真正属于自己的房子。之前几十年里，我们多半时间住在好来沟的老房子里，少部分时间住在新丰修造厂职工宿舍。

开始造房子的时候父亲还在世，我开着四轮车到附近已经干枯的河床上拉石头。大块的石头我一个人搬不动，特地请了个小工帮我一起搬运石头、卸货。

这次建造房子我请了专业建筑队施工，工费三到五块钱一天。紧挨着地基的部分用的是石头和水泥，石头墙砌了半米多高。在石头墙上面用的是砖头和土坯，靠近房间里的一层用的是土坯，靠近外墙的一层用的是砖头，相当于是砖墙包裹住土坯墙，目的也是为了更结实和防水。我们管这种房子叫"砖包皮"。

第十五章 | 自立门户（1987 年）

跟过去土坯造的房子相比，砖墙看上去更漂亮。这是我从出生起经历的第四代房子，已经非常接近几年后建造的砖瓦结构的房子。或者说我这次造的这幢房子属于土坯房子向砖瓦房子过渡时期的产品。

跟过去一样，这幢房子建了三个房间：左右各一个卧室和土炕；中间是堂屋，吃饭和招待客人用。在这幢房子的马路对面，我又建了两个房间，用来做修理铺。房子造好以前，我在镇上朝北的地方租了间房子做修理铺。门头上挂了招牌：润生修理铺。

我另外在粮站附近租了间小房子，一家人搬进去，多少显得拥挤了点。租的房子离修理铺两三百米远。修理铺门口朝北，常年见不到阳光。其他季节还好，到了冬天，冷得让人受不了。为了节省点煤炭，冬天最冷的几个月里，我也不敢生炉子。

一到冬天，我手上就长满冻疮，伤口开裂，干活的时候钻心地疼。

开春以后，房子造好了，接着安排木工师傅进场，安装门窗，制作木料。我爱人过去给木工师傅做饭。

造房子需要的所有装修材料，几乎全是靠我自己开四轮车买回来的。这辆四轮车平时多半时间闲置在家，没想到这次造房子时居然发挥了很大作用。

建造好房子，我把达顺牌的四轮车卖掉了。

我们搬进新家的时候已经是 1987 年秋天，距离父亲去世快一年了。

新家距离浑河只有一两百米远，几个孩子经常去浑河边玩。换在以前，我们居住的这个地方还属于敌后根据地呢。一晃眼，孩子们都长大了，我们忙忙碌碌了一年又一年，时间就这么一晃而过，几十年过去了。

我跟我爱人算了一笔账，造房子和修理铺，加上购买维修和电焊的各项设备，我们前后共花掉七千块钱。

在1987年，七千块钱真的是笔不小的钱，那时候羊肉才六毛钱一斤；现在羊肉已经三四十块钱一斤，翻了七八十倍。

我当时也挺愁，这七千块钱啥时候能还清？

所谓穷则思变。我们住进新房子以后，修理铺也搬过来了，店铺名还是叫润生修理铺，只是换了个位置。以前的门面朝北，现在的门面朝南，一年四季都有阳光照进来。关键是门面沿着马路，来往的车辆很多，生意比过去好了不少。印象最深的是，村镇有了公交车，7路公交车经过店铺门口。

尤其是一两年后（1988年到1989年），新店子镇开始修建铁路，过往车辆更多了，生意比过去好很多，有时候根本忙不过来，没时间吃饭。马路对面就是我们家，虽然步行几米远。修理铺西面隔壁就是一家饭店。

难得赶上千载难逢的机会，我满脑子想的都是赚钱、赚钱、赚钱，我要尽快把七千块钱的债务还掉。

新店子镇修铁路连续修了三四年，店铺的生意跟着红火了三四年。

赚钱以后，我腾出一些钱来做了两件事。一个是在附近包了一亩半的庄稼地，我爱人在地里种了一些粮食和瓜果蔬菜，解决我们平时的口

第十五章 | 自立门户（1987年）

粮问题，尽管哥哥经常赶马车给我们送钱送粮食，我们还是希望自己也力所能及地创收一些，尽可能自力更生，丰衣足食。

另外，镇上南来北往的过客很多，有些人需要住宿和吃饭。我们先是拿出三个房间中的一间做旅店，平时两三块钱一晚，到了周末和节假日就是五块钱一晚，一个月下来也有几十块钱收入。

看收入不错，我和我爱人一盘算，紧接着在旁边多建了两个房间做旅馆。这样下来，我们每个月就有一两百块钱的收入。旅店的生意红火，不断有客人来住宿。我们接着在宅基地南面又建了两个房间。

这样一来，旅店增加到五个房间，每个月的收入跟着涨到两三百块钱，一年下来也有三四千块钱的收入。

不过莲子和二子对这个新家几乎没有概念。我们搬到新家的前一年，莲子和二子同时考上中专，到呼市读书去了。等他们毕业后，忙着工作、结婚生子，很少回这个新家了。倒是搬进新家的这一年中秋节，初中时候跟莲子早恋的男生常芳放带着酒和月饼来家里看望我们。

我看到他就想起他们俩早恋的事，气就不打一处来。我让他把酒和月饼带走，他坐着不动，不肯。

最后，我发火："你再不拿走，我就给你丢出去！"

他有点尴尬，只好带上礼物离开了。听说中专毕业后，常芳放分配到县水利局工作。他去呼市出差的时候，经常去学校看望莲子。他们大概就是在莲子读中专期间确定恋爱关系的。因为早恋的事情，我一直耿耿于怀，不同意两人交往。

二子也是在中专二年级开始谈恋爱的。我知道的时候，他们已经确定了恋爱关系。二子恋爱对象叫汤树林，内蒙古包头人，从小在河北出生长大，家里有一个弟弟、一个妹妹。汤树林大学读的是内蒙古医学院药剂学专业，跟二子在同一个校区，二子的中专学校是内蒙古医学院下属单位。

汤树林的父亲在包头开印刷厂，事业有成。

1987年夏天，汤树林和同学一行十几个人来好来沟做社会实践，一待就是半个多月。当时孩子们都在好来沟过暑假。正好有一天，他们在村里见到莲子。听说是二子的同学，莲子很热情地招呼大家来家里吃饭，她亲自给大家做莜面。

吃完饭回去的路上，他们正好碰到二子，互相打了个招呼。汤树林他们后来又来家里一次，这次还是莲子给他们做饭，做的是糕。

莲子和二子读中专这几年时间，几乎没有用多少生活费，学校里会发粮票。二子的学校每个月发三十斤粮票，她省吃俭用，把粮票存到春节放假，集中兑换一袋白面馒头扛回家。馒头六分钱一个，整整两百个白面馒头，这在当时已经是家里最好吃的食物了，整个春节都吃不完。平时我们吃的都是玉米面馒头，很少吃白面馒头。

第十五章 | 自立门户（1987 年）

我开始没日没夜地干活，无论刮风下雨，我都没休息过，中午睡午觉的时间也没有。每天早上六七点钟天刚亮起床，早饭也没吃我就去修理铺。我爱人简单吃个早饭，就出去种地。

我经常忙到下午三四点钟吃午饭。隔壁饭店的馒头一毛钱一个，我不舍得吃。晚饭就更不用说了，我经常忙到半夜回家再吃晚饭。

那时候只要能赚钱，我啥活都干，碰见啥做啥：修车、补胎、电焊、农具……反正老百姓需要修的东西，我基本上都能修。

不过我得承认，我爱人做生意比我有办法。我有执行力，能吃苦，能打拼，但是谈生意还要靠我爱人才行。

我们在新店子批宅基地建房子，就是我爱人找了她的小姐妹帮忙的。在马路边开了修理铺门面以后，我爱人听说镇上要安装自来水工程，工程上的水管水箱需要电焊，她跟这个小姐妹毛遂自荐，希望小姐妹的老公把这个业务交给我来做。见对方犹豫，她就跟对方保证说，我做电焊十几年了，手艺非常熟练，不会有任何问题，最后我们花了四十天时间做完这单业务，赚了五百块钱。

我爱人谈业务的方式很特别，听她跟我讲，她每天除了农活以外，就在镇上串门，跟大家闲聊，闲聊过程中打听谁家建了新房子，需要安装铁艺门窗；谁家买了货车，需要安装驾驶舱。打听到消息以后，我爱人就上门去问人家需不需要安装铁艺门窗，或者安装驾驶舱，需要的话，就让我带上工具，上门安装服务。

别看不起眼，靠着这种办法，我爱人给我接了不少业务。剩下的业务就是靠来往行人车辆自己找上门。

两间修理铺里堆放一些机器设备，修理铺门口是一片空地，我每天都是在这片空地上干活。

遇到周末，苏宇中午会过来给我送饭。空的时候，他会帮我扶一下铁架钢架门窗，其他时候我都赶他回家做作业去。

但我没时间吃。中午过往车辆很多，是店里最忙的时候。我生怕人走开了，错过一单两单生意，可能十块八块钱就没有了——当然，有时候三十二十，有时候百儿八十不等——哪怕半夜里有人叫夜，我也去店里干活。

除非活忙完了，我才能喘口气，坐在门口扒拉几口饭菜。经常吃着吃着，就有生意上门，我只能丢下碗筷，接着干活。

院子里的杏树依旧青了又黄，黄了又青。以前都是父亲挑着担子来给孩子们送杏子，父亲去世以后，哥哥赶着马车来给孩子们送杏子。临走的时候，哥哥把身上仅有的几百块钱留给我。

有一次，三子周末回到好来沟住两天，哥哥见到三子，就把身上的几百块钱给了三子，让她带回来。三子说，当时她大爹把几百块钱用针线缝在衣服里面的口袋里，取出来的时候要把里面的口袋撕破。

我知道父亲去世，哥哥心里一定也很伤心。但我们毕竟不是小孩子了，不会跟别人分享自己的痛苦和哀伤。哪怕每年年三十、清明、七月十五中元节这三天，我去给父亲上坟，也是一个人偷偷去的。

为了不影响干活，我都是早上天还不亮，骑着自行车往好来沟赶，

第十五章 | 自立门户（1987年）

路上黑黢黢的，赶到坟头前天色渐明，太阳还没出来。我跪在坟头给父亲磕头，然后蹲坐在坟头烧纸钱，看着火苗的火焰烧起来，很快又变微弱，我接着往火里添加新的纸钱。

坟头已经长满青草，小柳树不见长高多少，有风时抖动几下身上的树叶。

我给父亲带了瓶酒，把酒倒进酒杯，再将酒水洒在坟头。

父亲在泥土里沉默，就像活着的时候他看着我，什么话都不说。我在他坟前跪拜、沉默，就像他活着的时候，我们肩并肩走在路上，什么话都不说。我们在长期的陌生和熟悉中，保持中国式的父与子之间的某种默契。

第十六章

毕业生 1989 年

忙完最后一单生意，我像往常一样，把工具和材料拾掇到修理铺，关闭所有电源，然后步行穿过马路，回家休息。附近的店铺已经关门。当我把灯熄灭以后，整条马路就陷入了一片黑暗之中。有段时间，我每天都是整条马路上最后一个关门离开的人。

路上漆黑一片，没有路灯。我一个人孤独地走在回家的路上，夜里静悄悄的，偶尔能听到远处响起汽车的鸣笛声，或者谁家院子里传来几声狗叫。

突然想起，每天早上六七点钟，当我起床的时候，哥哥已经在地里干活了。晚上，我穿过马路步行回家的时候，哥哥也恰好在这个时间从地里赶着马车回家。我能想象到他驾驭马车时，甩起手中的鞭子，在空中炸出清脆的响声，口里发出低沉的吆喝声。

想到哥哥，我心里突然觉得温暖起来，也就不再觉得孤独。同样的时间里，我们都在为生活奔波忙碌。我和哥哥隔了十几公里路程，我在新店子镇，他在好来沟村。

如果店里不忙，我每天晚上六七点钟准时穿过马路，回家吃饭。遇到忙的时候，可能就得晚上七八点钟以后，我忙完店里的生意才回家吃饭。家里冬天有土炕，土炕连着炒锅，饭菜放在锅里，无论几点回去，饭菜都是热乎乎的。

哥哥回到家里，母亲在等他。那两年，母亲经常在夜灯下给哥哥缝缝补补衣服、鞋子、袜子。

自从父亲去世以后，母亲愈加沉默寡言，身体似乎大不如从前。

1989年夏天，二子从内蒙古医学院卫校毕业，四处找工作。班里三四十个同学，按照毕业考试成绩，二子考了第六名，很有可能分配到内蒙古医学院附属医院做护士。然而结果公布时，我们都傻眼了：不只二子进内蒙古医学院附属医院的希望落空，前面五名同学都落选了。

我和我爱人这才意识到，二子找工作的事情比我们想象中严峻。

我问我爱人："家里还有多少钱？"

我爱人翻了翻抽屉："还剩下两百块钱。几个孩子过完暑假开学时只怕没钱交学费了。"

我半天不响。前面一个学期我从银行贷款，我爱人也从几个亲戚朋友那里借了一些钱，再加上家里的存款以及哥哥给的钱，给几个孩子交

第十六章 | 毕业生（1989年）

完学费，抽屉里的钱袋子就见底了。我花了半年时间，赚了一两千块钱——但实际上只存了几百块钱，我们要还钱，还亲戚朋友的钱，还银行的贷款。每隔段时间，总有亲戚朋友上门催还钱。我们今天还这个亲戚几百，明天还那个朋友几百，后天还银行贷款一千，总之，感觉有还不完的账单。

到孩子们放暑假，总算还清前面半年的账单，抽屉里的钱袋子也终于见底了。这意味着我们要把之前借钱还钱的步骤重新做一遍。

眼看着二子的同学陆续分配到内蒙古各级医院里去，二子的工作仍然没有着落，我们忧心忡忡。

这段时间，二子吃住都在学校，没有回家。莲子还在读中专，二子中专读三年，莲子中专是四年制。四子在外地读高中，苏宇在读初中，永兴在读小学。

为了给二子找关系分配工作，我几乎三天两头从新店子镇往呼市跑。换在平时，我一年都去不了呼市一次。我对呼市仍然很陌生，除了定居呼市的姑姑一家人，我在呼市没有其他亲戚朋友。

遇到紧急的事情，二子就打电话给我。电话还是老式电话，拨一次电话号码要转很多圈（拨一个数字转一圈）。她每次都打电话到邮政局，我们家距离邮政局两三百米远，我赶到邮政局接打电话。

为了二子的工作，我几乎把修理铺的活全停了，每天早上坐大巴去和林格尔县城，车票一块多钱；然后从县城转车乘坐大巴到呼市，又是一块多钱。从新店子转两趟大巴车到呼市要三四个小时，早上七八点钟出发，中午十一点半十二点左右到呼市。忙完事情，下午再买回程票赶回新店子，当天往返。

这段时间只要有空，常芳放就赶过来陪我一起去呼市，他发自内心的热心肠还是让我挺感动的，至少我没有再像以前那样排斥他。给二子找工作这段时间确实是我心力交瘁的时候。

如果再不定下来，二子的工作分配就只能听天由命了。她可能会被分配到很偏远的地方，到很差的工作岗位上，领很低的工资。总之，只能听天由命。

二子找学校打听了一下，上头说她可能要被分配到郊区的发电厂工作。我一听就急了："二子明明是卫校毕业，应该去医院做护士。去发电厂里她能做什么呢？"

无论如何，我也要想办法让二子进医院工作。可以确定的是，内蒙古医学院附属医院肯定是进不去了。别说我们没有关系，二子有个同学的姐姐在内蒙古医学院附属医院里做护士长，这个同学最后都没有进去。

加上二子毕业前一个月，母亲突然生病，卧床不起。哥哥一个人既要去地里干活，回来又要照顾卧床的母亲，非常辛苦。我也帮不上忙，心里非常自责。

我有几次想回家一趟，帮忙照顾一下母亲，给哥哥分担一些压力，但一想到孩子们开学要交学费，各种经济压力又让我有点喘不过气来。

哥哥出门前，会给母亲倒一杯温开水，放在土炕床头的桌子上，母

第十六章 | 毕业生（1989 年）

亲想喝水的时候伸手就能摸到水杯。回家以后，哥哥给母亲做饭，照顾母亲的衣食起居，包括床上大小便。母亲要大小便的时候，哥哥把便盆放到土炕上，下面铺上东西防止弄脏被褥，然后再端下来，放到院子的角落里去。

哥哥早上煮粥，中午做莜面，晚上下挂面。除了这些简单的饭菜，哥哥实在做不出新的花样来。

我爱人知道以后，就去买了一些猪肉羊肉，把猪肉羊肉做成卤肉，再蒸一些馒头，做一些面饼，从小卖部买回来一些挂面，把这些可以长时间存放的食物，让几个孩子或者从老家来镇上赶集的人给哥哥带回去，带回去一次能吃个三五天或一个星期。一个星期以后，他们吃完了，我爱人就接着做了食物给他们送过去。有时候，我爱人还会给他们做一些油炸饼，有点像小孩子吃的甜甜圈，油炸过后，吃起来很甜很香。

有一次，我一个人去呼市，坐大巴到呼市火车站斜对面的汽车站，下车时已经是中午了，我坐在汽车站门口休息。想到自己进退两难——往上了说，我照顾不了母亲和哥哥；往下了说，我照顾不了自己的孩子——越想越觉得自责、愧疚、沮丧、无助，甚至痛苦和绝望。我突然悲从中来，在破旧的汽车站门口号啕大哭。

所有经过的人都盯着我看，他们不知道发生了什么。他们不知道这个陌生的中年男人——实际上我已经快五十岁了，快到知天命的年龄，但我仍然觉得人生困惑不已——究竟为何而哭，哭得稀里哗啦，哭得不能自已，哭得像个孩子。有人走出去很远，仍然忍不住回头来看我。

我强忍着悲痛，压抑着自己的哭声。

我知道一个大老爷们这么失声痛哭是很没面子的事情，但我实在忍不住，我就像身陷在泥潭里，肩膀上还压着一块巨大的石头。我恨不能把这一生的委屈哭完。

哭过以后，心里稍微平静下来。我站起身，抹了把眼泪，哪知鼻子一酸，眼泪又止不住掉了下来。

我在附近找个家庭旅馆住了下来，三块钱一晚。所谓家庭旅馆就是农家住户把多出的房间隔成几个小房间，做成旅馆租出去。我在这个小旅馆里住了四五个晚上。这四五天里，我先是去二子的学校找了他们副校长沟通找工作的情况，最后，还是通过二子学校的副校长推荐，我和二子找到医院的一个老医生。这个老医生给他包头医学院附属医院的同学写了封推荐信。

一直以来，借钱的事都是我爱人出面。她知道我面子薄，找人借钱的时候落不下面子，开不了口。不论是在好来沟村里，还是在新丰和新店子镇上，左邻右舍之间，她都能把关系处理得很好。遇到孩子们缺钱交学费，我们先是看抽屉的钱袋子里有多少钱，还差多少钱。然后，她去找朋友们借钱，最后看看还差多少，再想其他办法。

二子工作的事终于有了眉目。

二子带上推荐信，一个人坐绿皮火车去了包头。我没舍得陪她过去，毕竟，一个人来回车费也要七八十块钱呢。

想到二子一个人去包头，我待在呼市实在不放心，就去找到铁路警

第十六章 | 毕业生（1989年）

察，跟人家说了一下情况，然后借他们的电话打过去。在电话里，我了解到一些情况。二子这段时间吃住都在一个同班女同学家里，工作已经安排好了，元旦后到包头医学院第一附属医院报到。

这一年，哥哥五十六岁，仍然单身一人。哥哥赶着马车来给我们送粮食时，我才突然意识到，他比上次见面明显衰老了很多，脸上皱纹密布，有了白发，已经开始有些驼背，一定是生活的重担和长期辛苦的劳作压弯了他的腰板。

家里的羊圈里还剩下最后四五只羊。马厩里拴着一只骡子。家门口马路边的猪圈已经空出来了。骡子陪了哥哥快十年，如今正值青壮年，已经不是当初的小骡驹。骡子的平均寿命在三十五岁左右，最长寿的骡子能活到五十岁，干活能干二十年。二十年后，骡子开始逐渐衰退，慢慢进入老年。

哥哥还是一个人种九十亩地。他仍然是村里起床最早、睡得最晚的一个，一个人干的活赶得上人家一个家庭，甚至人家一个家庭都干不过他。每天十五六公里，哥哥赶着马车来回跑。回家以前，他先带骡子到草地上吃青草，吃饱后拉上货，回家做饭，照顾母亲，喂羊。

也是从这次开始，我突然意识到，哥哥体力大不如以前，多少有些力不从心。不过好在几个孩子假期会回去，可以帮忙干活。

我记得永兴刚出生没多久，哥哥来新丰给我们家里送粮食。我爱人给哥哥做了油炸糕。永兴在炕上刚会爬，还不会走，他撒了一泡尿，正好尿到红糖碗里去了。

莲子端出去准备把红糖水倒掉。

哥哥就问莲子："为什么要倒掉？"

莲子说："这碗红糖水不能喝了，碗里被我弟撒了一泡尿。"

结果哥哥抢过莲子手里的碗，脖子一仰，一口气喝下，喝完了跟莲子说："那也不能浪费。"

自从我们决定离开好来沟，出来自立门户做修理铺开始，再到后来建造旅馆、承包自留地、找自来水管和铁皮车厢的生意，到存钱、教育子女，可以说，我爱人比我更清醒，也更有前瞻性，她总是能比我们看得更长远。

我和哥哥成了坚定的执行者。

对于我们这样的普通家庭，养育六个孩子实属不易，再把六个孩子培养成材更是艰难。所以有时候我也在想，到底是什么力量支撑我们在困苦中一路披荆斩棘、奋力前行？

我想这大概就是爱和责任。自古以来皆如此。我们经历过各种艰难困苦，总是希望我们的下一代能够少走一些弯路。

我经常会想，爱是什么？责任又是什么？我想我理解的爱和责任就是，当我们为了孩子们的未来努力奋斗的时候，眼里有光，心里有温暖，身上有力量。

第十六章 | 毕业生（1989 年）

　　我爱人在帮忙找生意的时候，我在修理铺里忙碌到经常顾不得吃饭的时候，哥哥一个人起早贪黑耕种九十亩地的时候，无论多么辛苦，我们都不会觉得辛苦，都认为这些辛苦付出是值得的。

　　可能孩子们在小的时候不能理解我们的辛苦，不能理解爱和责任，但是我相信，耳濡目染，长此以往，身教更胜言教，这种爱和责任也会在孩子们的心里像种子一样发芽、成长，并且伴随他们一生。

　　就像接力比赛一样，他们把这种爱和责任继续传递给下一代。

　　无论如何，我们不能失去爱的能力，不能失去对生活的热情，不能丢弃对家庭的责任。如果没有爱和责任，那么，人活着跟一摊烂泥有什么区别？

　　所以爱和责任是一个家庭乃至一个家族的根基。只要根基不动摇，这个家族的凝聚力就牢不可破。

第十七章

母亲去世 1989 年

父亲去世以后,家里突然显得空落落的。可能是年事已高,也可能是父亲去世给她带来了打击,母亲的状态一直不太好,她经常坐在家门口的椅子上发呆。不管有意还是无意,母亲没有在大家面前提起过父亲。

和过去一样,哥哥每天早出晚归。母亲负责做饭,她耐心照顾着这唯一的陪在她身边的孩子。母亲把哥哥所有的衣服都翻出来,用手在水盆里洗干净,在院子里牵一根晾衣绳,把衣服挂上去晒干,然后把破旧的衣服缝补好。

哥哥的衣服上缀满补丁,但针脚非常整齐。缝补完衣服,母亲接着给哥哥缝补袜子。有些旧衣服实在不能穿了,母亲就把旧衣服用剪刀拆开,剪成一块一块的布,做成抹布,用来清理灶台上的油污。

经常到晚上十点以后,哥哥赶马车回到家里,还能看到母亲还在灯光下干活。

父亲走了以后，母亲很清楚自己离离开这个世界的日子也不远了。但她放心不下自己的这个单身了一辈子的儿子，她在为自己离开后的日子做准备，希望自己的儿子能在没有她的日子里过得更好一点。

父亲去世后第三年，也是二子毕业分配的这一年。我赶在七月十五中元节这天去给父亲上坟。青草长满坟头，三年前种下的小柳树明显长高了一大截。我在坟头跪下磕头、烧纸钱、倒酒。

人这一生是很辛苦的。尤其人到中年，肩膀上的负担更重。六个儿女个个都是我的心头宝，每个孩子未来都有自己不同的人生。莲子、二子陆续中专毕业，等待分配工作，以后也将开始自己的人生。

我一个人蹲坐在坟前，跟父亲絮絮叨叨讲起自己的心事：母亲最近身体不太好，二子工作刚安排好。母亲万一要是去世了，丢下哥哥一个人怎么生活？

旷野里一片寂静，没有任何回声。我知道没有任何人能够回答我的困惑。

过完中秋节没几天，我还没从父亲去世的伤痛里走出来，就听到母亲病重的消息。我默默收拾好修理店门口的工具和材料，骑上自行车回家。

从年初开始，母亲的身体突然垮下来了，下不了床，每天只能躺在炕上休息。后来听村里的赤脚医生说，母亲是积劳成疾得了胃下垂。至于母亲是不是真的得了这个毛病，我们无从知晓。那时候没有条件给母亲治病，我们只能寄希望于她身体的免疫力能够战胜一切病痛。

母亲卧床足足半年，这下轮到哥哥来照顾母亲了。三子有空也会回

第十七章 | 母亲去世（1989 年）

我的母亲（修复）

村子里帮忙照顾我母亲。

小时候，我们不知道悲伤是什么东西。我们的口袋里装满了一天又一天的快乐，那些快乐的时光就像一粒粒粮食，洒满草原大地。长大以后，我们为了生活奔波忙碌。我们不断遇见生离死别，不断和热爱的人或事物告别，却没有办法说出心里的疼痛和不舍。就像父亲的棺材入土那天，我抓着坟头泥土的手疼得几乎要攥出血来。

母亲的意识已经有些模糊。见到我，她好像并不认识我。她的眼神浑浊、迷茫，就像平静的水面上飘起薄薄一层白雾。不知道母亲是不是在想心事，或是暂时忘记了世间的一切。

母亲病重时，正巧是收秋最忙的时候。

每天出门前，哥哥照旧在床头给母亲留一杯温开水，让母亲渴了伸手就能摸着。莲子和她老公已经订婚，知道老人病重，他们夫妻俩给老人买了饼干等零食，放在床头柜上。

母亲在意识稍微有些清醒时交代了两件事。她跟孩子们说："你们以后一定要好好照顾你们大爹。"母亲把这句话重复说了好几遍，说完就陷入昏睡。醒来后，她突然跟我们说："我想见一下爱花。哦，我看见她从大门口走进院子里来了。"

院子里连个人影都没有。我怀疑母亲出现了幻觉，她可能太想念自己的闺女——我的姐姐苏爱花了。

第十七章 | 母亲去世（1989年）

姐姐自从做了童养媳以后，因为交通不便，回来一趟要近两天的路程，加上她老公家里也穷，姐姐基本上几年回来看望母亲一次，有时会在家里陪母亲住一个月再回去。母亲每一次提前十几天就开始哭，觉得她再也见不着女儿了，每次都感觉好像是最后一次见面。

等到姐姐当天晚上天黑前赶回来，母亲又失去意识了。儿女们陪在自己面前，母亲却完全不认识自己的儿女，她像看陌生人一样看着我们。她和我们之间隔了一层雾气。这层雾气好像是尘世里很远很远的距离。

我难过得直掉眼泪。孩子们趴在床头哭。可能因为我们是亲人，只有亲人才能感到那种不死的情感和不羁的牵绊。我知道八十多岁的老人去世是喜丧，就像瓜熟蒂落，终归回到泥土，回到万物寂静的自然里去，就像浑河的水在默默流逝，落叶不再返回枝头。但这仍然无法抹去我的哀伤。

母亲突然翻过身子，像孩子一样弯腰趴在炕上。

"你们怎么不开灯？"母亲没头没脑地问了我们一句，我突然意识到，母亲可能看不见我们了。她的眼睛里只剩下无尽的黑暗，再也看不见人世的光。

母亲接着说了一句："不要让你哥哥受罪。"

我知道母亲这话是说给我听的。我很想号啕大哭，但我仍然想把所有的哀伤忍住，我害怕自己失态以后会吓到大家。母亲在弥留之际，仍然放心不下我孤苦伶仃的哥哥，惦念着一年都见不上一次面的女儿。

到了第二天，母亲突然清醒了，她能清楚地喊出我们每一个人的名字，跟前一天相比好像是完全不同的两种状态。我以为母亲病情转好，实际上，这只是我的一厢情愿，更大的可能是母亲去世前回光返照。她需要在去世前再一次认清自己的儿女和孙子孙女每一个人的样子，她怕忘记自己的家人。

母亲平静地问我姐姐："起完（意思是挖完）土豆了吗？庄户（意思是庄稼）收割完了吗？"

母亲跟我姐姐聊了几句家常，觉得嘴馋，想吃我姐姐烙的糖饼（中间夹糖的薄饼）。

哥哥不同意。他怕姐姐在锅里做糖饼的时候弄出油烟，烟熏呛得母亲受不了。

母亲接着跟三子说："我想吃鸡肉。"

家里原本有只大公鸡，另外养了两三只母鸡，等鸡下蛋换钱。公鸡没吃成，最后让人给偷走了。

母亲跟三子说："我今天要吃一百个饺子。"

母亲可能饿了，也可能是在说胡话。

第二天上午，母亲又陷入昏迷。她像孩子一样睡着了，睡得很香，呼吸很均匀。但是很快，母亲的呼吸突然慢了下来。胸口半天起伏一次。母亲呼吸很吃力，从吸一口气到呼出一口气的时间间隔越来越长。

上午十点左右，母亲胸口停止起伏，房间里陷入死一样的静寂。我知道母亲没了，她在平静中安然离去。

当天晚上，我骑上自己那辆已经陪了我十几年的二八杠自行车，带

第十七章 | 母亲去世（1989 年）

上永兴，去隔壁村找唢呐队。和全国很多地方的风俗一样，谁家里遇到结婚和丧葬，都要去附近村子请唢呐队来奏乐。只不过结婚奏的是喜乐，是欢快的、明朗的；丧葬奏的是哀乐，是低沉的、悲切的。我们每一个人仿佛都是通过这种方式来告诉更多人，和他们一起分享我们的喜悦或哀伤。遇到老人去世，我们通过这种方式寄托对逝者的尊重和哀思。

天已经黑了，我们摸黑赶路，一路上似乎都能闻到庄稼熟透了的味道。

经过一个亲戚家，亲戚给了永兴一根煮熟的玉米。玉米有点老了，永兴啃了半天啃不动，塞进自行车后座。

刚出门几十米远，就听永兴一声尖叫，然后哇哇大哭。我赶紧停下车，发现永兴的左脚后跟搅进车轮里去了，脚上血肉模糊。我小心地把永兴受伤的脚从车轮里抽出来，问他："怎么回事？怎么把腿伸到车轮里去了？"

永兴说："玉米卡在屁股底下，坐着不舒服，我想挪一挪屁股，两只脚踩着自行车梁，往上蹬，结果（左脚）卷进车轮里了。"

我情急之下丢掉玉米，把永兴抱上车，接着骑自行车送他到新店子镇卫生院。医生给永兴的伤口缝了整整十三针。

第十八章

哥哥的孤独 1991 年

母亲去世以后,哥哥一个人生活。早在父亲去世那一年起,村里就没有人肯跟他搭伙干农活了,大家觉得他以前干活干脆利落,现在干活太慢了,跟不上大家的节奏。他只能一个人种地,骡子在前面犁地,他在后面扶着犁把。犁完地,他再回到地头上,重新抓种(意思是播种)。这么来回还是蛮辛苦的。和过去一样,他每天凌晨三四点出门,下午两三点还得回来自己做饭。

到了寒暑假会热闹很多,孩子们抢着去陪他们大爹,都不肯回来。在孩子们的印象里,好来沟才是自己的家,住在新店子镇始终没有根的感觉。尤其是苏宇,几乎整个寒暑假都腻在好来沟,喊都喊不回来。毕竟从小在这里长大,几个孩子见到好来沟的泥巴都觉得很亲切。

后来我问苏宇,他们平时吃什么。苏宇说,他大爹做饭的标准是弄熟了就行,确实不太好吃。

哥哥经常做爆渣子。爆渣子是我们内蒙古独有的一道美食，就是把一块稍大的莜面团放在胳膊（左右两边的胳膊都可以）上，用另一只手大拇指用力搓，搓成一条边缘不规则的薄莜面条，像猫耳朵一样。这种做法据说是内蒙古西部汉民族从事拉骆驼、赶大车的人们打尖（打尖是指古代住宿时到舒适的单间吃饭歇息，原是"打间"，后被传成"打尖"）借宿时自己做饭时发明的。

灶台的铁锅里烧一锅烩菜，把土豆、白菜、豆角等各种蔬菜和粉丝放进锅里一起炖，有条件的还会放上一些猪肉、牛肉，肉香味飘满整个房间。在烩菜上面放一个蒸笼，爆渣子就放进蒸笼里，等烩菜熟了，热气上来，爆渣子也蒸熟了。

只是哥哥搓得没有人家好看，也没有人家精致，但做起来确实方便。

以前母亲在世，都是母亲做饭，哥哥去地里干活，回来就有饭吃。母亲去世以后，哥哥只能自己做饭做菜，对他来说，还是挺难的。他们经常做爆渣子，偶尔换点花样，拌点凉菜，蒸几个馒头，或是早上煮一锅粥，晚上下个挂面。

哥哥待苏宇就像自己的儿子一样，从来不打骂他。苏宇喜欢读书，小学三四年级的时候，他在书店里看到一本书叫《五困瓦岗寨》，大概两毛钱一本，讲的是程咬金、单雄信、罗成他们的故事。他先是来找我要钱买书，我没给，他接着转头去找他大爹。

我哥哥问清楚干什么，听说是买书，二话不说，从柜子里找出两毛钱给苏宇。苏宇拿着钱，从好来沟跑到五公里外的新丰书店买书。

第十八章 | 哥哥的孤独（1991年）

除了生活上的困难，我更担心哥哥精神上的孤单。以前父母都在世，热热闹闹，当他一个人生活以后，我担心他心里孤独。以他的性格，也不肯跟别人诉苦。

都说女儿贴心，莲子最早成为她大爹的帮手，帮着干农活、做家务，样样都行。每年寒假暑假，莲子搭村里的顺风车回好来沟，给她大爹洗洗衣服，做做饭。夏天吃过午饭，莲子带上一盆脏衣服，到浑河边洗衣服，洗完后，回来接着帮她大爹拔豌豆、黄豆。

莲子比二子晚一年毕业，她毕业后迟迟没有找到合适的工作，在家里休息了一年。

1991年元旦，莲子和常芳放结婚。这次我终于没有再干涉他们的感情。经过三四年的考察，我觉得常芳放这个人人品不错，对人热情厚道，除了家庭困难一些，其他还真挑不出什么毛病。

想起在新店子镇上建房子时，我有一次去呼市进货，买修理铺里常用的铁皮等材料。路上遭遇飞来横祸，有人从货车车厢里扔下一个空的啤酒瓶，不偏不倚，砸在我的左腿上，痛得我直冒冷汗。我想追上去找对方理论，可还没看清楚坐在车厢里扔啤酒瓶的人长什么样子，货车早已经开出去很远了。

很快，我的左腿被酒瓶砸到的地方肿得像包子。我试着站起身走了几步，一瘸一拐，动一下就钻心地痛。

回去以后去医院检查，被砸中的左腿骨裂了，我在家里休养了很长一段时间。那段时间我啥活都干不了。常芳放听说以后，一有空就过来推着小推车帮忙运石头、搬材料,一个人忙前忙后。再加上二子毕业找工作,他隔三岔五陪我去呼市,我对他渐渐没了隔阂,过去仅有的关于早恋的那些成见也都放下了。

婚后,莲子生了个大胖小子,名字叫常江,还是二子给取的名字,她说这个名字简单、好记。

莲子结婚以后稍微挣点钱了,就时不时给她大爹送吃的;买点肉,买点饼,弄点挂面。

除了莲子他们夫妻俩,苏宇每到周末也会骑自行车回好来沟给他大爹送吃的,星期天晚上再骑自行车回来,不影响第二天去学校上学。

知道哥哥去镇上卖粮食的钱自己一分钱没留都给了我,村里的人就数落他:"天底下还有你这种人,你现在能动,把粮食都卖了,给他们送过去,一分都不留。你老了以后,谁管你?你的侄儿侄女不要你的时候,你就只能去街头讨饭了。"

哥哥说:"我不怕,我相信他们不是没有良心的人。"

天底下像我哥哥这样的人只有一个。我跟哥哥说,我现在的全部辛苦和努力,都是希望六个孩子走出农村,改变命运,以后能过上体面的生活。

我们俩,不,还有我爱人,我们三个人就为了这个远大的目标,带着使命感,拼命赚钱供孩子们读书。

相比之下,常芳放似乎比我想得周到。他怕我哥哥一个人孤单,买了很多烟酒,去"贿赂"村里的邻居,唯一的要求就是希望他们空了多

第十八章 | 哥哥的孤独（1991年）

去我哥哥家里坐坐，抽抽烟，喝喝酒，聊聊天。

但孩子们给我哥买的好烟好酒，他不舍得吃。趁大家不知道，他偷偷把好烟好酒拿到供销社的小卖部里换掉，比如二十块钱一包的烟，他过去换成四包五块钱一包的烟；五十块钱一瓶的酒，他换成十瓶五块钱的酒。

有一天，哥哥赶马车来新店子给我送粮食，无意中给我讲起他前些天遇到了鬼。哥哥跟我无话不谈，除了内心深处最隐蔽的孤独和情感，其他的生活琐事他几乎事无巨细，都跟我讲。可能还是因为心里太孤独了，也可能是兄弟血浓于水，我们俩都像是对方的影子，都更能理解对方的一切。

一天晚上，熄灯以后，房间里很黑，借着照进房间里来的月光，哥哥在黑暗中看到灶台旁有个人形的黑影。他看了半天黑影，吓得浑身冰凉，颤抖着问："你是谁？"

黑影不吱声。

哥哥吓得要命，为了给自己壮胆，他硬着头皮，冲着黑影大骂。

黑影站在灶台边沿，也可能是坐在灶台边沿，一动不动。哥哥说，他当时太害怕了，他骂了半天黑影还是不动。他颤抖着手，开了房间里的灯，黑影突然不见了。

哥哥说："我肯定是见到鬼了。"

按照当地的风俗，如果遇到鬼，就把枕头里塞的荞麦皮取出来，撒过去，可以把鬼吓跑。哥哥果真把枕头拆开，拿着荞麦皮在房间里撒了一圈。

哥哥给我讲这段经历的时候，整个人的精神还是紧绷的，我能明显感觉到他确实被吓到了。哥哥这么要强和胆大的人第一次对自己的记忆表现出恐惧和不安。我更愿意相信，他可能是因为一个人太寂寞，孤单时产生了恐惧跟幻觉。

母亲去世两年后的一天下午，我堂哥的儿子骑自行车来修理铺找我，跟我说："六爹，你快回去一趟吧。不知道怎么回事，四爹不能开口说话了。"

我吓得浑身一哆嗦："哥哥啊，你千万别出事！"

在我们这个大家庭里，父亲的三个兄弟，一共生下八个儿子四个女儿。在八个堂兄弟里，我哥哥排行第四，侄子们喊他四爹；我排行第六，侄子们喊我六爹。

我骑自行车赶回好来沟，看着哥哥一说话，喉咙里就发出呼噜呼噜的声音，原本很简单的说话如今突然变得非常困难，我心里很不是滋味，但又不知如何是好。我让人打电话给莲子。很多年以后，我仍然保持这个习惯；遇到大小事，我第一个想到大闺女，可能是她离我最近，不论什么时候找她，她都能第一时间赶到。

当然，最后还是常芳放过来，租了辆机动三轮车，陪我一起送我哥

第十八章 | 哥哥的孤独（1991年）

哥去二子所在的包医一附院。这也成了一种习惯，家里有人生病，就去二子所在的包医一附院治病。有儿女在身边，心里总会更踏实吧。

经过医生检查，哥哥得了脑血栓，属于比较轻的那种脑梗，医学名叫腔隙性脑梗死，就是脑袋里有个比较小的血管堵了。

这是1991年，哥哥已经五十八岁了。

听村里人说，我哥哥早上起来干活的时候还好好的，突然就不能开口说话了，他急得只能拼命跟别人用手比画。

我们把哥哥送到包医一附院，在医院里打了十几天吊针，因为症状比较轻，没有办理住院。哥哥以前做过两次小手术，一次是胆囊手术，一次是疝气手术。他平时身体很好，很少用药，这次用药以后，语言功能慢慢恢复了，没啥影响。

在医院打吊针这段时间，哥哥借住在一个亲戚的男朋友宿舍里。

后来苏宇说，他大爹脑血栓发现症状之前，晚上睡觉的时候经常睡着睡着，身体突然痉挛一下，嘴里还发出声音，就像一个人在睡着时突然惊醒一样。

哥哥生病这一年，苏宇在集宁一中读高中，这所学校是省重点中学。苏宇学习成绩很好，他读到高二的时候试着参加高考，考上一所专科院校，最后没有去读。那时候高考太难了，千军万马过独木桥。大学全国范围内扩招好像已经是2000年以后的事情了。

在这之前，家里出一个大学生还是挺了不起的事。

这次生病以后，哥哥突然苍老了很多。我劝他以后不要再这么拼了，我们都是快六十岁的人了，身体不比年轻的时候，实在不行，少种点地。但辛苦了一辈子的哥哥就像一只钟表，根本停不下来。

停下来以后，他不知道自己能做什么，一天一天的时间如何打发。也许对哥哥来说，他花了几十年时间只学了一门手艺——种地，我花了几十年时间也只学了一门手艺——电焊修理。

如果无所事事，我们总担心自己每天都在虚度光阴。

哥哥总算听进我的意见，留下二三十亩地，其他六七十亩地全都让给了堂兄弟家。他每天不再凌晨三四点起床，也不再忙到夜里十点以后回家。他逐渐改变并适应新的作息习惯：早上六七点钟起床，晚上八九点钟睡觉；白天去地里干农活，偶尔休息一下；冬天的时候赶马车去捡牛粪。

我劝哥哥的时候是这么说，但我心里比任何人都清楚，自己根本停不下来。一旦停下来，孩子们的学费就没着落了，生活也难以为继。

可能哥哥心里也这么想吧。

第十九章

爱人同志 1996年

  我在休息的空隙里抬头看了一眼店铺门口的马路和马路两侧的店铺，突然有点恍惚。一辆7路公交车在附近的公交站台上停下，有几个人下车，同时有几个人上车。

  马路两侧的店铺明显比以前热闹许多。我刚搬过来的时候，马路北面很多店铺还是一片空地，现在已经人满为患。以前马路两侧的房子仍然以土坯建造的房子为主，放眼望去，视野里一片昏黄——黄色的土路、房屋和店铺。车辆开过以后，地面上扬起一片灰尘，就像卷起漫天黄沙。半天以后，漫天尘土逐渐消失。干完活，扑一扑身上，落下薄薄一层沙土。修理铺房间里和门口的机器上，经常落满厚厚一层灰尘。

  现在，马路仍然尘土飞扬，但马路两侧的房子比过去好看了很多。随着大家生活条件改善，越来越多的人像我们一样，建造起砖瓦房，暗红色的砖墙拔地而起，代替过去土黄的土坯房子，屋顶是很高、很辽阔的蔚蓝的天空，偶尔有几只黑色的鸟雀飞过。马路上来往的车辆除了过去常见的蓝色货车、公交车，还逐渐多了轿车。人们身上穿的衣服也跟过去不太一样了。过去几乎每个人都穿着藏青色土布做的衣服，男的穿老旧的中山装——像我哥哥就是，感觉一件洗得泛白的中山装他穿了一辈子都没有脱下来过——女的穿的也是藏青色的土布衣服和裤子，衣服上打满补丁。现在人们身上穿的衣服出现红色、黑色、蓝色、黄色等各种不同的颜色，布料也比过去丰富很多，有了一些我没有见到过的款式。

都说日新月异，有时候一个人就是一个时代。古代可能一百年两百年都没有太大变化，但是中华人民共和国成立以后，感觉每十年就是一次变化。

当然，也可能是改革开放已经积累了十几年，全国范围内，经济更加繁荣，人们的生活更加丰富，每一个人都洋溢着对幸福的向往和对未来的渴望和期盼。

这是1993年的新店子镇。

傍晚天黑前，我回家准备吃晚饭。刚进院子，就见喂鸡的饲料盆放在院子里的地面上，几只麻雀正在盆里吃鸡饲料。见到有人进来，几只麻雀在惊吓中扑棱着翅膀飞到院子里的123果树上。

这棵123果树也叫金红果，是苹果的一种，属于塞外野果，生长在河北和内蒙古一带。到了秋天，树枝上挂满红通通的果子，比正常的苹果要小很多，但比鸡蛋略大一点，味道很甜。这棵果树是我们搬家过来以后栽的。

饲料盆里的饲料几乎被吃了个精光。

换在以前,饲料盆放在房间里。到喂鸡的时候,我爱人把饲料盆端出来,喂完以后再把饲料盆放回房间,就是怕被鸟雀吃掉。今天倒好,喂完鸡以后,我爱人忘记把饲料盆放回房间,盆里的饲料全被树上的麻雀偷吃了。

干了半天活,浑身酸痛,加上想起过完这个暑假,四个孩子开学要交学费,无形中的压力压得我有点喘不过气来,我的心情就很烦躁,更是气不打一处来。

我很生气,说话带着火药味:"你干吗把饲料盆放在院子里,不放回房间?"

她越解释我越生气,接着,我跟她吵了起来。吵架过程中,我一冲动,伸手猛地推了她一下,我爱人没有任何防备,侧身摔倒在地面。她背后是猪圈,猪圈里养了一头猪。

我气得没吃晚饭,转身走了出去。我饿着肚子回店里继续干活。到天黑以后,肚子饿得咕咕叫,我碍于面子硬是忍着不吃饭。

早在前一年秋天,三子和四子同时考上中专和大学。三子复读以后考上内蒙古煤炭工业学校。四子考的是包头钢铁学院,学的是暖通专业,名字很长,说了几次我也记不住,四子跟我解释大概就是工程上的暖通通风等。三子和四子的学校正巧都在包头,每次开学两个人都一起去学校,放假了一起回来。

三子和四子没多少生活费,在学校里蛮能吃苦的。二子给她们俩各买了一个酒精炉子,在学校里用酒精炉做饭。她们俩有时间就自己做饭,没时间就煮点挂面,或者下点面疙瘩。

二子在包医一附院工作,工资不高,为了省钱,在医院宿舍地下室一住就是四年。大一大二的时候,四子的学校在包医一附院斜对面,步行五分钟,她经常去二子宿舍吃饭。大三开始,学校校区搬到三子的学校附近,只有等到周末,她们才去二子宿舍里吃顿好的。

也是在这一年秋天,二子和她读书时候认识的爱人汤树林在包头办了婚礼。大学毕业后,汤树林进了包头市质量技术监督局工作。因为家里人做生意,所以几个孩子里,二子的婚后生活条件在当时还比较好,他们婚后租了套37平方米的房子,几年后在包头最好的小区里买了套96平方米的房子。这在二十世纪九十年代已经属于很多人做梦都不敢想的大房子了。那时候大部分城里人住的都是五六十平方的小房子。

晚上回去以后,我已经消气了,但碍于面子,故意不说话,想等着我爱人先开口。果然,我爱人开口说:"我髋关节这里疼得厉害,不晓得是不是摔坏了。"

我想应该不至于,她摔倒在地上,地是泥土地面,可能过几天就没事了。但我爱人几天以后还是跟我说,髋关节疼得厉害。刚摔倒在地的时候,她记得是右侧着地,开始两三天右腿髋关节疼,过了两三天以后,疼痛转移到左侧髋关节。

第十九章 | 爱人同志（1996年）

（上）1993年，刚结婚的苏灵芝在包头家里
（下）1993年国庆期间，刚结婚的苏灵芝和汤树林在包头劳动公园内

我们没有太放在心上,也没有去医院检查。就这样一直拖到两年以后,我爱人,整个髋关节大面积疼得下不了炕,不能走路,更别说做饭。她以前坐车没事,现在坐车开始晕车。关键是,我们在附近种了一亩半的地,我爱人还得出去干农活,除草耕地。

更吓人的是,她走路的时候能听到髋关节发出嘎嘣嘎嘣的响声。

实在拖不住了,我带她去县医院骨科做检查。听完我们的描述,医生说,可能是髋关节坏死,也可能是骨结核。

化验结果出来,证实是髋关节坏死。这时候已经是腊月,马上到年关,手术只能拖到春节以后。

正月十六这天,我带我爱人去包头市第三医院做手术。包头市三院是专业骨科医院,二子帮忙找的医院,还帮忙交了一千四百块钱的手术费。二女婿汤树林的同学在这家医院做医生,是手术时主刀医生的助手。

我记得很清楚,做手术这年(1995年),我爱人四十九岁。也是这一年,二子怀孕了,待产前每天还在正常上班下班。

在二子怀孕四个月的时候,二女婿汤树林的父亲突然因为心梗去世,去世的时候才五十三岁。

手术前,主治医生约我们面谈,提供两套手术方案。

第一套方案:用一个金属支架代替坏死的部分,但每隔五六年需要做手术更换一次支架,换一次需要四五万块钱。考虑到费用比较高,我

第十九章 | 爱人同志（1996年）

们手里没钱，而且需要反复手术，对病人来说太受罪。

第二套方案：把关节上坏死的部分去掉，让坏死的关节头和关节窝直接长到一起，换句话讲，术后这个髋关节不能活动了，人没办法做屈髋弯腰的动作——可能终身都要拄着拐杖走路。这样的话，以后不用再重复做手术。

说真的，那时候正是最穷的时候，真的是蛮难的。除了莲子、二子，其他四个孩子还在读书，学费很高。前面三个孩子读的都是中专，后来中专没人读了；后面三个孩子都是读的大学。

四子和苏宇考上大学以后，哪怕我们赚的钱加上哥哥卖粮食的钱，都远远不够他们俩交学费的。苏宇1994年考上上海的中国纺织大学（现在叫东华大学），这是全国纺织行业最好的学校之一。

莲子和二子出嫁以后，家里就数三子最年长，加上她小时候跟爷爷、奶奶、大爹一起生活，什么家务活都会做。六个孩子里，她最会做家务活，蛮懂事的，知道家里没钱，就尽量节省。在包头读中专的时候，有时候国庆放假回家，走的时候三子会从家里带上两个土豆去学校，在宿舍楼道里自己做饭做菜开小灶。

有一次，三子在去学校的火车上遇到一个男同学。男同学问她："你这拿的啥？我感觉好像是个手榴弹！"

三子把两个土豆装在袋子里，看上去还真的跟手榴弹似的。

相对来说，苏宇和永兴读书更费钱。苏宇每年学费要500块钱，每学期还要不少生活费。苏宇大学四年的学费都是他二姐帮忙交的。后来我听苏宇说,他在上海吃一碗面要五块钱。如果是在我们县城,吃一碗面只要一块钱。

我爱人做完手术,需要继续住院,三子和四子在病房里陪床,照顾她。我回到新店子的店铺里继续干活,不然没有办法应付各种开支。莲子每个礼拜天过来给我们做饭、做馒头,每次差不多够我和永兴吃一个礼拜。

那时候家里没有冰箱、冰柜,做好的饭菜就放在家门口院子的地窖里。地窖里气温比较低,起到冷藏的作用,不然饭菜放在外面很容易坏。这个地窖以前是储存土豆的——在我们这里,基本上每家每户都在院子里挖了地窖,用来储存土豆等食物。莲子担心把饭菜直接放在地上会有脏东西,就在地窖里横了一根木棍,把饭菜用纱布盖着,挂在木棍上。

有一次我干完活回家,永兴正好从房间吃完饭出来,走到院子里跟我说:"今儿吃了一顿好吃的。"

我问他:"你吃了什么好吃的?"

他说:"大姐过来给我做了顿面条。"

我有点哭笑不得。他感觉大姐做的才是饭,可能我给他做的饭太难吃了。我确实不太会做饭菜,最多炒个土豆,只能说炒熟了就行,好吃是真的不好吃。有时候我们俩连菜都不做,直接啃馒头。

我听说过不少人因为各种各样的原因交恶或反目成仇,这种事情甚至发生在父母子女和兄弟姐妹之间,大到财产分割,小到家长里短,一

第十九章 | 爱人同志（1996 年）

1995 年冬，新店子家中合影［前排从左至右：老伴赵玉梅、常江、我；后排从左至右：苏永兴、苏永玲（四子）、苏宇清（莲子）、苏宇、苏宇婧（三子）］

个家族或是一个家庭都可能会因此而分崩离析。

这让人遗憾和无奈。

欣慰的是,在我们这个大家庭里,从来都没有发生过任何不愉快,更不要说矛盾。新中国成立后,我们整个大家庭十几口人没有发生过矛盾。到现在,单我们自己这个小家庭就有二三十口人,仍然没有矛盾,我想绝非偶然。

哪怕在1958年叔伯们跟我们分家的时候,哥哥觉得不公平,父亲仍能及时抚慰并化解这种可能会有的心结。

这是父亲身上所具有的包容和智慧。

我们家六个孩子之间,同样没有任何矛盾。他们非常团结友爱,任何一个兄弟姐妹遇到困难,大家伙都是齐心协力一起帮忙。莲子买房的时候,其他五个兄弟姐妹一起帮忙凑钱,永兴买房也是一样。三子、四子读大学的时候,二子没少帮忙,周末经常喊两个妹妹回家吃饭。苏宇大学四年的学费都是二子帮忙给的。三子两次买房,第一次是其他五个兄弟姐妹一起帮忙凑钱,第二次买房主要是靠苏宇帮忙。

苏宇经常跟我说,他奋斗的目标是希望通过自己的努力,给大家兜底,谁遇到困难,他都能帮上一把,不至于让弟弟姐姐们遇到困难而无处求助。

我的父辈们是这样;我和哥哥、和我爱人之间虽然有摩擦,但也是目标一致,齐心协力,为这个大家庭努力拼搏奋斗;六个孩子和他们的家庭也是这样,大家勤奋上进,相亲相爱,相互帮助,把这种传、帮、带的精神传递给他们的下一代。

第二十章

和林格尔县城 2004年

有段时间,我怀疑自己得了老年痴呆,经常走着走着,忘记要去哪里;视力下降得厉害,看东西的时候眼睛里有层雾气,看不清楚,这可能是我持续二十多年做电焊修理导致的。尽管干活时,我手持电焊罩,但仍然抵不过刺眼的电焊光给眼睛带来的伤害。我经常不是看错东西,就是记错时间和事情。

我爱人经常数落我:"你这个老汉怎么回事?"她喊我哥哥也是一口一个"老汉"。

我很苦恼,好像并没有意识到自己已经老了的事实,我的体力、精力大不如以前。我原本想的是,几个孩子都已经中专和大学毕业,我终于可以喘口气。按道理到了退休年龄,我可以退休了,但我还想再干几年,给自己赚点养老的钱,这样就不用拖累几个儿女。

和以前一样,每年除夕、清明和农历七月十五,不管多忙,我都要去父亲和母亲的坟头给他们上坟。十几年过去，坟头的柳树渐渐长大，枝繁叶茂，像一把绿色的伞，给父亲母亲遮风挡雨。坟头周围是辽阔无尽的草原，是寂静的旷野，是天空中偶尔飞过的黑鸟，是夜幕降临后在黑暗中亮起的一盏盏灯火。

可是我的父亲母亲再也回不到人间，看看哥哥和我，看看这繁华的人间烟火。

我跪在坟头前给父亲倒酒，给母亲捧上点心，给他们烧一些纸钱，陪他们说一些心里话。有时候，我会说一些他们去世前知道的快乐的事；有时候，也会说一些他们去世以后不知道的事。当然，有时候，我也会跟他们讲讲哥哥和六个孩子——

哥哥还在种地，但他已经快干不动农活了，腰也弯了很多。他一个人生活，几个孩子经常回去看望他。但我仍然担心他吃不好、睡不好，担心他一个人孤独，想说话时身边连个能说话的人都没有。天底下恐怕找不出第二个像哥哥这么善良无私的人。我经常跟我爱人讲，如果没有哥哥，咱们六个孩子，恐怕不能全部读到中专和大学毕业。我确实没有能力同时供养六个孩子读书，能供两个孩子读书就不错了。

莲子婚后在和林格尔县城定居，夫妻俩一个在水利局，一个在市管所环卫局。他们刚结婚时生活得很困难，生了孩子后不久，夫妻俩就双双处于半失业状态。夫妻俩分别接到单位通知，每个月只发放一半薪资，大家可以自由就业。所谓自由就业，就是单位的职位保留，薪资减半，大家出去找新的工作，或者做生意。后来我们才知道，这是因为政府财

第二十章 | 和林格尔县城（2004 年）

政吃紧，这也是没有办法的办法。直到蒙牛集团落户和林格尔后，经济才好了起来，夫妻俩又重新回到单位上班。

在只发一半工资的那近十年时间里，夫妻俩转型做生意，到河北石家庄贩鸡、贩鱼、贩香瓜、贩火炉，跑到陕西贩苹果，吃尽苦头。常芳放边做小商贩，边用自己的专业给外面的公司做一些水利工程项目，一年下来也能赚个几千块钱补贴家用。

到 1998 年，莲子拿出全部积蓄五百块钱，其他几个兄弟姐妹又帮忙凑了一千五百块钱，加起来一共两千块钱。莲子用这笔钱付了一套平房的订金，这套平房建在南山公园附近，售价二万八千块钱。

莲子实在没钱装修，只好借钱装修了其中一个房间，接了水电，铺了瓷砖，觉得一家人凑合能住就行，等条件好了再接着装修剩下两间房间。实际上，装修剩下两间房间已经是六年以后，我和我爱人退休后，住进了南山公园的这套房子里。

莲子的生活好转起来是在 2000 年以后。2003 年，他们凑了首付，在单位里买了套 128 平方米的商品房，总价六万九千块钱。为了省钱，他们特地买了顶楼六楼的房子，比其他楼层要便宜一两万块钱。

二子定居包头，在我爱人髋关节坏死做手术那年（1995 年）年底前生了个女儿，叫汤兆涵。相比之下，二子生活还比较顺利，孩子出生以后，跟着奶奶一起生活。等到孩子的姑姑和叔叔先后结婚了，奶奶带她回到二子他们家一起生活。帮忙照顾孩子。

在我退休前一年，二子在医院里升作护士长。

三子中专毕业后回到呼市，在家里待了两三年，工作没有着落。经历不少波折，最后三子分到城建局下属的热力公司工作，后来结婚、定居，生了个男孩。

四子爱人是她在包头钢铁学院读大学时候的同班同学陈建国。大学毕业后，四子接着考上中国科学院的硕士研究生，毕业后到上海定居。四子是我们家几个孩子里学历最高的。她和苏宇一样，学习的时候简直能钻进书本里。

2003 年，哥哥第一次出远门，离开好来沟，去繁华的大城市上海，住在四子自己买的房子里。当然，这次出门是三子带孩子陪他一起去的。晚上洗澡时，四子的爱人陈建国，作为一个知识分子，没有嫌弃哥哥，给他洗澡、搓背，把他像亲生父母一样伺候。白天，四子夫妇还带他在最繁华的上海到处逛一逛，看一看漂亮的外滩和黄浦江。

几天以后，三子母子俩带哥哥去杭州。苏宇开着桑塔纳带他们逛了一天西湖，在西湖边拍了很多照片，还带他去非常干净漂亮的餐厅吃饭。哥哥总担心自己给侄子丢脸。他对西湖的风景不是很感兴趣，他觉得那就是一潭水，跟内蒙古的水没什么区别，都差不多。他觉得看山看水都没有意义，在老家一样有山有水。

不过，从上海和杭州回来以后，哥哥回到村里，逢人就讲："我四侄女婿给我洗澡、搓背，我侄子带我逛西湖。我一辈子都没去过这么远的地方，没见过那么大的城市、那么漂亮的风景。"

末了，他不忘补充一句："他们对我这个农村老头很好。"

第二十章 | 和林格尔县城（2004 年）　　175

（上）2002 年冬，好来沟，我大哥和老骡子
（中）2002 年冬，大哥在好来沟窑洞前
（下）2004 年 5 月，大哥在杭州西湖边

可能一直都在辛苦的忙碌中，不觉得世界变得有多快，时间有多漫长。但当有一天突然停下来，我才发现时间一晃而过——我已经六十多岁，哥哥已经七十多岁。

苏宇跟我商量，让我把店铺盘出去、房子卖掉，搬到县城住。

也是在这一年底，苏宇跟他爱人吕慧在杭州和老家和林格尔分别办了婚礼。吕慧是绍兴人。两人是在毕业后找的第一个工作单位认识的，那是苏宇的第一份工作。

婚后，夫妻俩做了分工，吕慧在家带孩子，苏宇安心拼事业。

按照苏宇的意愿，我终于"退休"了。

2004年，我把润生修理铺和马路对面的房子一起卖掉，对方付了我三万六千块钱。对方也做电焊修理，所有机器设备都能接着用，只是门头换了个新的修理铺招牌。店铺隔壁新开了一家面馆。

这一年，我虚岁六十四岁，搬到和林格尔县城定居。

随后经历了三年时间的过渡期——我们夫妻俩一直住在大女儿婚后买的第一套房子里，也就是在南山公园门口的平房里，一共住了十几年，直到2015年房子拆迁。

忙碌了一辈子，刚住到县城的那段时间，突然闲下来的我还有点不习惯，就在附近找了份搬砖的工作，每个月一两千块钱，一干就是三年。三年后，我才完全适应县城的退休生活。

后来，南山公园小区两百多户居民面临拆迁，房价跟着涨了一轮。我们从大女儿家里搬了出来。永兴担心我们没地方住，花二十四万块钱

第二十章｜和林格尔县城（2004年）

（上）2000年冬，吕慧第一次来好来沟，见啥都新鲜得很
（下）我在院子里种了菜，苏宇的女儿苏思旖和苏思瑗在菜园里玩耍

在县城给我们买了套平房，带有一个几十平方的院子，我感觉一下子回到农村里有房子有院子的生活。我和我爱人在院子里种了各种瓜果蔬菜：周围一圈种豆角，中间种了两排西红柿、一片韭菜和葱，还有两排茄子和辣椒。

这是我们的菜园子，红色、绿色、紫色、青色……夏天住在这里，非常舒服。实际上，平房有集中供暖，除了地面没有暖气，冬天有些冻脚，其他都还好。房间里有厨卫设备，有土炕，生活很方便。冬天天冷的时候，我们会去苏宇给我们买的位于二楼的楼房里去住一段时间，那套房子离这里一公里远，步行十几二十分钟，骑个自行车也就几分钟路程。二楼的这套房子是苏宇 2008 年给我们买的，精装修，一百多平方米，地面铺了地暖，冬天住起来蛮舒服的。

和林格尔县城不大，我经常骑自行车沿着县城外围的公路绕着这个城市骑行一圈，一圈下来，不到一个小时。我每周至少骑行三到四次，时间比较随机，什么时间空就什么时间骑行，可能是早上，也可能是下午。

我爱人行走不方便，每天早上吃完早饭，我就帮忙把家里收拾一下，在院子里晒晒被子，去菜园里摘些瓜果蔬菜，偶尔去菜市场买点羊肉、猪肉，忙完了再出去骑自行车转一圈。

我选择骑自行车，是因为听说这样可以延长寿命，所以，就这么一直坚持下来。可能现在很多小年轻骑自行车都不一定能赶上我。换在以前，我骑自行车是为了拉生意。退休以后，我骑自行车是为了锻炼身体。

除这以外，我剩下唯一的爱好就是看书。我喜欢看历史传奇类的书和人物传记类的书，可能年龄大了，看完以后总记不住。有一次经过书摊报刊亭，看到有本杂志叫《今古传奇》，顺手买了一本回来看，觉得挺有趣的，后来陆续买了几本。现在报刊亭见不到了，也就没有再买新的刊物了。

几个孩子知道我喜欢看书，偶尔回来也会帮忙买几本书带回来——《机关中的机关》《一号人物》这类官场小说就是孩子们给买的。有一年，我去杭州苏宇家里，回来的时候顺手带了本《二战全史》。

其他时间，我偶尔去附近的广场转转，看别人下棋、打牌。我自己不会下棋、打牌，但看别人下棋、打牌还挺有意思的。

第二十一章

杭州 2008 年

古人说，上有天堂，下有苏杭。苏宇大学毕业以后去了杭州工作，最后在杭州定居。现在坐飞机去杭州只要两三个小时，换在十几二十年前，坐绿皮火车到杭州起码要三四十个小时。

所以有时候我感觉自己跟不上这个时代了。时代日新月异，万事万物频繁更替，好像所有东西都像运转中的机器，越来越快，快到停不下来。对我来说，我一直过的是和林格尔县城的时间，是好来沟、新丰和新店子镇的时间，时间好像过得很慢。到了杭州这种大城市，感觉连钟表都走得比以前更快。

大学毕业以后，苏宇面临人生中最重要的一次选择——是回内蒙古老家工作，还是留在上海或杭州？

苏宇大学四年学的是染整专业，学校是中国纺织类最专业的院校之一。苏宇高考报的第一志愿是北京航空航天大学的计算机专业，结果这个大学当年成了热门院校，分数非常高。苏宇被调剂到中国纺织大学（现在的东华大学），心里很不痛快。我就跟他讲，过去看看，如果实在不喜欢就回来复读一年，重新参加高考。

苏宇进了大学以后，也就断了复读的念头。

苏宇最终决定留在杭州找工作。内蒙古没有对口专业的工作，如果回内蒙古，大学四年就白读了。当时全世界的纺织品60%在中国（现在已经超过80%），将近50亿人的衣服面料产自中国，中国的面料将近70%集中在江苏和浙江。

再者，大城市机会多。苏宇一开始考虑留在上海或上海周边，但留在上海的几率太小，整个系90个人，只有三个名额能留在上海。最后，他在杭州找了份工作，这家公司在杭州东新路的和平广场附近，当时属于偏远地区，周围都是农田。公司是生产抗菌毛巾的，规模不大，工资四百块钱一个月，包吃住。面试后，公司通知他三个月后去报到。

这三个月没事干，他特地坐绿皮火车回了一趟内蒙古。

有时候人和人的缘分是挺有意思的。苏宇在这家公司做流水线工人，当时一起入职的有十几个大学生，其中有个女孩子跟苏宇在同一个流水线工作，这个女孩就是吕慧，后来成了他的爱人。他们俩只在这家公司工作了两个月，就因为公司经营不善双双下岗。

正巧苏宇有个同学在萧山国内某公司工作，这个同学介绍他去了该公司，做纺织化学品的技术服务，关键是专业对口，工资比之前翻了一倍。

苏宇去了以后才知道印染是什么东西，他觉得自己大学四年白学了，学过的东西也都忘光了，就把大学四年的专业课本拿出来重新学了一遍。

公司里有个图书馆，图书馆里有一千多册藏书，主要都是印染类的专业图书和杂志。

可能这一点苏宇跟我很像，包括其他五个孩子也是一样。我们都不贪心，一辈子都只做了一件事。我做电焊修理一做就是几十年，一直做到退休。莲子、二子她们也是，在单位里一干就是几十年。要知道一个人这辈子能把一件事情做好就已经很了不起了，不能捡了芝麻丢了西瓜，看到别人做什么赚钱，自己就去做什么；而是看自己到底能做什么，确定了就去做，不要犹豫，不要贪多。所有的事情靠的就是两个字：坚持。人生就像长跑，不是看谁跑得快，而是看谁能坚持跑到最后。

既然做技术服务，就需要知道机器长什么样子，知道制造和生产有哪些原理、涉及哪些技术，出了故障应该如何修理等。这跟做医生差不多，大学四年或五年学的是专业知识，但没有拿过手术刀，就没法治病救人。

好在浙江印染厂很多，苏宇白天上班的主要工作就是跑印染厂，以技术服务的名义去跟工厂里的老师傅学技术，两年时间跑了100多家各种不同类型的印染厂。看人家怎么做；从坯布（刚纺织出来的布，还没有做过任何处理）进来一直到成品，用什么设备；做工中间过程参数怎么控制，控制不好会出现什么问题。有时候师傅遇到问题解决不了，就问苏宇，苏宇从专业上给出意见，告诉师傅可能的原因，师傅顺着这个原因去找故障，事半功倍。晚上回来，苏宇泡在公司的图书馆里看书，理论联系实际,每天看到夜里十二点才回宿舍睡觉。

整整两年时间,苏宇把印染行业的来龙去脉从专业上吃透,厚的薄的图书杂志全部加起来大概看了六七百本,行业论文看了几千篇,涉及染整设备、染整技术、有机硅合成、增白剂等各种专业知识。别人吃辣椒浑身冒汗,苏宇是看书看到兴奋了,浑身冒汗。

在这家公司工作两年以后,苏宇辞职去了上海一家初创公司做染料销售。当时那家公司刚起步没多久,规模不大,只有十几个员工,每个月销售额只有几十万。

苏宇在国内某公司工作的两年时间里学到的专业知识终于派上用场。第一年,苏宇就做了七十万业绩;第二年,业绩做到三百多万;第三年,业绩做到七八百万。

后来上海公司从韩国进口了一种用于超细海岛丝染色的染料,做服装和沙发都会用到这种超细海岛丝面料(也叫麂皮绒)。经过几年时间,他们把这家初创公司发展成为麂皮绒面料领域的领先染料品牌。到苏宇2006年离开的时候,公司全年的总销售额一亿两千万元,他一个人的业绩已经达到四千万一年,占全公司的三分之一。

苏宇比较有事业心,在上海公司工作六年后,他决定离职创业,在杭州创办了公司。公司刚成立的时候是在杭州机场路一带,他买的房子在北景园小区。

说起来也有意思,夫妻俩结婚前都参加了经济适用房的摇号,结果两个人各摇到一套经济适用房。

第二十一章 | 杭州（2008 年）

苏宇创业时的考虑是，染料未来的前景不够好，必须换一个更朝阳的赛道。

苏宇多年来一直潜心研究专业技术，在上海公司的六年也积累了行业资源和销售经验，两端一合并，事情就成功了一半。苏宇在上海公司任浙江区域的销售经理，所以把公司开在杭州也是这方面考虑。他先找到几个朋友的工厂，对产品进行评估（包括对实验室的评估），最后确定市场方向，做冷轧堆前处理，把布料洗干净。过去布料印染的时候需要用蒸汽加热处理，苏宇要做的技术核心是，不需要加热，直接用冷轧堆前处理。

对苏宇做的行业我不太能懂，他解释得通俗一些就是：

以前工厂印染布料前，要先用蒸汽煮三次，煮的目的是让颜料跟布融合，把布煮干净。通俗来讲，以前洗衣服，用热水洗三次才能洗干净，而现在用冷水煮就可以了，一样能让布干净，这就是冷轧堆的技术。

之所以选择这个点做突破，是因为这是行业的一个技术难点，还没有人解决。苏宇在公司成立后实验室团队经过两年攻关，终于有了一些突破。

就是在这一年（2008 年），我第一次来杭州，在苏宇家里住了段时间。那时候苏宇的公司还很简陋。

前面十年，苏宇都在打基础、做铺垫，让自己在印染这个领域里成为专家，所以他在技术上没犯过错，市场选择上也没犯过错，事业上比较顺利；从在国内某公司做产品、学技术，到在上海公司跑销售，再到搞自己的事业。苏宇在上海公司做的是染色,他自己做的是助剂。两者之间的区别就是,助剂是染色前的一道工序,布料需要洗干净了才能进行染色,相当于一前一后两个环节。

用了这项技术以后,工厂里过去的那些助剂逐渐被淘汰掉了。哪怕同业竞品公司免费把助剂送给工厂,工厂都不肯用了。

杭州确实比和林格尔要干净、漂亮,不仅有山有水,有西湖、运河、钱塘江,连杭州的马路都像花园一样漂亮。

但我始终不太习惯,杭州夏天太热,冬天太冷。当然,我最不能习惯的是杭州的饮食。苏宇陪我逛西湖,每天带我去吃海鲜,今天吃虾,明天吃蟹。海鲜看上去很新鲜美味,但我吃不习惯。看他那么热情,甚至带我去舟山吃海鲜,碍于面子,我实在不好意思开口。

直到有一天,我实在憋不住了,就跟苏宇说:"咱们能不能吃点别的?你不要给我再吃海鲜了,我闻到都要吐了。"

在杭州待了半个多月后,苏宇接着带我去云南逛了一圈。本来苏宇说等他这边造好工厂,让我过去看一看,但我一直不想过去。我还是觉得待在和林格尔县城舒服,亲朋好友都在这里,几十年的生活习惯不是说改就能改掉的。我对和林格尔县城简直太熟了,待在这里更加自在。

第二十二章

哥哥去世 2010 年

2009 年夏天，正是和林格尔一年中最热的时候，也是牛羊最肥的时候，我租了一辆三轮车去好来沟接哥哥来县城定居。

帮哥哥收拾东西的时候，我突然看到房间里有瓶酥油（胡麻油）还放在那里，完全没有使用过的痕迹。这瓶酥油两斤多，还是二十多年前我们离开好来沟，搬去新店子镇上新家的时候留给哥哥的。我们以为这瓶酥油放在这么显眼的地方，哥哥做饭可以用掉，就没有拿走，哪知现在来接哥哥，才发现它原封未动。不知道哥哥是不舍得吃，还是忘记了。

我默默把酥油丢到垃圾桶里。

打开土炕旁边的床头柜，柜子里掉出一捆捆的抹布、袜子和鞋垫。后来问了三子才知道，柜子里的这些东西都是母亲在去世前几年做的。那时候母亲的眼睛已经看不太清楚东西，她知道自己剩下的日子不多，担心去世以后没有人照顾哥哥，于是趁自己还能干活，熬夜给哥哥——

这个在她身边守护了她一辈子的孩子——拾掇一下以后用得上的各种东西。她把家里所有已经不能穿的旧衣服翻出来，纳成鞋垫、补袜子上的破洞、缝制灶台上的抹布。

母亲缝补的抹布堆放在柜子里，哥哥没有用完。这些东西已经用不上了。

我帮哥哥收拾要带的衣服、被褥、粮食，以及其他一些杂物，装了半个车厢。这是哥哥的全部家当。

出了家门，我和哥哥默默走了一段路，我走在前面，哥哥跟在我身后。他哽咽着，尽量不发出哭声，却满脸都是眼泪。他一步三回头，看着自己住了一辈子的家。我知道哥哥心里舍不得离开这里，他觉得好来沟才是他的家，他在这里生活了一辈子，生在这里，也应该老死在这里，他的身体和魂魄都应该留在这里。

每当跟哥哥的距离落远一些，我就停下来等他，看着他佝偻着身体，一次次望向身后。我们已经越走越远，村子落在身后。我们回头还能看到老家，以及老家院子里不断往天空更高处生长的两棵杏树。

等哥哥跟上来的时候，我在想，过去一直都是哥哥在照顾我们和六个孩子，他为我们放弃一切。现在终于轮到我们来照顾他了。我跟哥哥讲："你以后不能种地了，不能住在家里，没人照顾。而且，这里没有班车，交通不方便，万一身体不好要去医院，附近也没好的医院。"

我们俩坐在三轮车上，哥哥仍在不停地抹眼泪，眼睛盯着家的方向。我既心疼又无奈，不知道该怎么安慰他才好。

第二十二章 | 哥哥去世（2010年）

离开好来沟的路上经过浑河，浑河的水依旧清澈见底，依旧流得不紧不慢。如果从更高处往下看，我们好像淹没在一望无际的草地里，远处是起伏的山坡和零星的绿树，时不时看到羊倌在草原的斜坡上赶着成百上千头羊放牧。

哥哥离开时，好来沟只剩下二三十户人家——最高峰时村子里住了一两百户人家——大部分村民都从村里搬出去了。有的外出打工，赚钱以后到镇上买了房子定居。很少有人愿意继续生活在这偏僻的村子里了。

和我一样，哥哥早几年前就已经进入退休状态。苏宇跟他大爹说，不要再这么辛苦，该歇一歇了，享享清福。他们兄弟姐妹六个都已经从好来沟里走出来，每个人生活得都挺好的。

在这以后，哥哥已经把种地当作兴趣爱好，而不是一个任务了。

老实说，哥哥的身体已经被生活压垮。七十岁以后，他逐渐直不起腰来，腰逐渐弯成九十度直角，走路都觉得吃力。马车长时间闲置在家，骡子待在马厩里吃草、跺脚，偶尔发出悲伤的嘶鸣。

骡子跟哥哥一起衰老。从改革开放包干到户，哥哥买下这只两岁的骡驹到现在，已经过去二十多年，当年的小骡驹同样经历了它的童年、少年、青年、壮年，最后慢慢进入老年。它好像成了我哥哥生活里唯一亲密无间的伙伴。

有一次，哥哥赶马车拉货，路上突然摔倒在地，马车继续往前走，眼看就要从他身体上碾压过去。这时，骡子意识到危险，突然停下。哥哥跟我说这件事情的时候，我万分感慨，都说动物也是有感情的，这话一点不假。

哥哥在卖了骡子以后还跟我说："我实在是不太想卖骡子，舍不得，但是不卖的话，你看我们俩都老了，都不能干活了，留它在家里也没用。"

哥哥和骡子的老年生活，就是他每天牵着骡子，去浑河边取两桶水回来洗衣做饭。当然，2000年以后，好来沟村里的水井里彻底没水了。

哥哥是个很要强的人，除了父亲母亲去世，这一生中我只见他哭过三次。

第一次是母亲被狼咬伤，躺在土炕上发高烧，奄奄一息差点断送性命的时候，他一个人躲到外面的山沟里号啕大哭。

第二次是哥哥已经完全不能劳动后，知道自己要离开生活一辈子的好来沟，剩下骡子每天拴在马厩里，要留下也没有用了。他主动把骡子卖掉，手里死死捏着卖掉骡子的四百块钱，转过身后失声痛哭。

第三次就是这次，我从县城过来接他。哥哥这一次哭得像个孩子，眼神里全是不舍、留恋和无助。

莲子在县城里给她大爹租了套两室一厅的房子，进门东面一个卧室，房间里没有土炕；西面最里面一个卧室，有土炕。哥哥住进来以后，每天在西面卧室的土炕上休息，吃饭也经常在这里。

农历七月十五后，哥哥搬到和林格尔县城，我、莲子和我爱人每天早上都要去给他送饭。我们离哥哥住的地方只有一里地，步行十分钟左右，

第二十二章 | 哥哥去世（2010 年）

每天早上送的饭菜分量，都够哥哥吃一天的。中午和晚上，他把剩菜剩饭热了吃。有时候我们会给他送去一些冻肉。

哥哥待在家里，很少出门，偶尔拄着拐杖出门一次，转悠不到一百米远重又折回来。他可能还是不太习惯县城里的生活。

2010 年元旦后，和林格尔县城开始有了过节的气氛，街道上随处可见庆祝元旦和新年的横幅，实际上当时离农历新年春节（这一天正巧也是西方的情人节）还有一个多月。我原本想着，这应该是我哥哥来县城定居后跟我们一起过的第一个春节，我们一家人能坐在一起吃年夜饭。

早上吃过早饭，我拎着饭菜步行过去给哥哥送饭。虽说跟过去比，和林格尔的冬天已经没有零下二十多摄氏度的天气，也很少下雪，屋檐上更没有长长的冰凌，但零下五六摄氏度的天气仍然冻得人忍不住裹紧身体。

和往常一样，房门没有上锁，我推门走进去，感觉房间里有种超乎寻常的安静，安静到让我有点心慌。

走到最里面的卧室，我顿觉晴天霹雳：

——哥哥蜷缩着躺在地上，身上穿着藏青色的中山装，洗得有些泛白，他脸上的表情是痛苦扭曲后的平静。他身旁是散落的碗筷，地面上还有两个没有吃完的烧卖。

我知道哥哥已经没了。

后来，冷静下来以后，我猜想哥哥应该是早上起床，蒸了一下烧卖，然后端着碗筷，坐在土炕边沿吃早饭。哥哥在吃烧卖的时候突然发病，整个人一头栽倒在地。

烧卖是前一天上午三子给他送过来的。三子在呼市参加同学聚会，顺便买了两笼烧卖送过来。哥哥中午和晚上吃了两顿烧卖，没有吃完。按照他节省、不能有任何浪费的性格，他把剩下的几个烧卖放到第二天早上馏热了吃。哪知突然发生意外。

我像个孩子一样，突然陷入孤独和无助的深渊里。我浑身颤抖，哭着跑出门外。我第一时间想到的是给大闺女打电话，但我没有带手机。在门口附近，我找人借了台手机给莲子打电话。这一年，莲子的儿子在读高三，马上要参加高考了。

我哭着跟莲子说："你大爹死了！"

十几分钟后，莲子和她爱人开车过来，我一个人站在大门外面失声痛哭。见到莲子，我重复说了一遍："你大爹死了。"

我们走进房间里，莲子和她爱人一起把她大爹从地面扶到炕上躺下。

我搬了板凳坐到床头，泪眼婆娑地看着哥哥。哥哥像个孩子一样睡着了，他终于不用再为我们操劳。

莲子给几个弟弟妹妹打电话。她第一个电话打给苏宇。

莲子问："苏宇，你在哪儿？"

苏宇说："我在办公室。"

莲子说："大爹死了。"

第二十二章 | 哥哥去世（2010年）

话一说完，苏宇在办公室里抱着电话就哭。苏宇跟他大爹最亲近，每逢周末、节假日，包括寒暑假，苏宇都和他大爹在一起生活。哥哥有任何好吃的，都一定要等苏宇回来了才肯拿出来。很多他跟他大爹之间发生的故事，我都是从苏宇口中才第一次听说。

直到十几年以后，有人在苏宇面前提起他大爹，他仍会哭个没完。我知道他心里更多的还是愧疚：本来是好心让大爹来到县城，想让大爹过上更好的生活，得到更好的照顾，不要再像以前那么辛苦，晚年享享清福；结果，他大爹刚到和林格尔县城住了不到半年就去世了。

可能哥哥始终适应不了县城的生活，毕竟大家不能时刻陪着他。不只是苏宇，哥哥的去世也让我感到愧疚和难过。我们没有第一时间陪在他身边，心里留下太多遗憾。

莲子接着给永兴打电话，说："大爹死了。"

永兴一紧张闹了糊涂："什么？大姐死了？"

莲子说："不是我死了，是大爹死了。"

然后，她接着给其他三个妹妹打电话。

哥哥去世的时候，六个孩子天各一方。莲子住在县城，距离我们最近；永兴住在呼市，离县城五十公里路程，开车回来半个多小时；二子住在包头，回来也算方便；三子和苏宇在杭州，三子在苏宇的公司里工作，他们每年回来三四次；四子定居上海。

刚搬到和林格尔的时候，几个孩子给了他七千块钱生活费，他全部存了起来。

哥哥去世以后，我在土炕的席子底下翻出我前几个月塞给他的五六十块钱，他一分都没舍得花。他把所有钱都留给了我们。

回到村里给哥哥操办丧事的时候，我问二子："你大爹突然去世，是突发脑溢血吗？"

哥哥在十几二十年前得过一次脑血栓，经过治疗已经康复。不知道这次突然去世是不是也是因为脑血栓？

根据我们描述的症状，二子说："只有两种可能人会突然没了。一种是大爹以前得过的脑血栓。脑溢血的话有这种可能，但脑溢血嘴里面会有血，大爹嘴里没有血，应该不是脑溢血去世的。另外一种可能性非常大，就是心梗，病发时间非常短，即使人在跟前也来不及抢救。"

哥哥去世的时候77岁，虚岁78岁。

我把哥哥葬在父亲和母亲旁边，父亲坟头的柳树已经长得很高，枝繁叶茂，这是视野以内所能看到的唯一一棵绿树。从清明到中元节，再到除夕，我看着地上的草由绿到黄，柳树也掉光了叶子。春去秋来，大风刮过旷野，鸟群飞过天空。

如果从天空中往下看，在辽阔的旷野里我孤独一人。面前三座坟头，可能更孤独的那个人是我。

我坐在坟头，跟哥哥说一些心里话。当然，更多地还是跟他讲讲六个孩子这几年的情况。

第二十二章 | 哥哥去世（2010年）

说真的，作为一个父亲，看到六个孩子都各自有了自己的事业和家庭，生活幸福圆满，我心里非常满足和自豪。他们小时候虽然有过争吵，但也只是孩子们之间的争吵；长大以后，他们兄弟姐妹六个人非常团结、和谐，没有红过脸，没有闹过任何不愉快。

几个孩子都很认真地对待家庭、工作和生活，这让我觉得当初的坚持是对的：我们通过读书是可以改变命运的。

哥哥去世以后，有一年春节，苏宇和永兴陪我一起过来上坟。

我们烧纸钱的时候突然刮起大风，火苗蔓延开来，飘进枯黄的草地，荒草随着风向爆燃。我们三个人手忙脚乱，用脚踩，用铁锹扑，但是能用的办法非常有限，附近没有水源。

在西北风的助推下，火势越来越大，很快浓烟滚滚，大火朝着村子的方向一路烧过去。按照这个势头，恐怕整个山头都要被烧光了。

我们束手无策，眼睁睁看着熊熊大火在视野里噼啪作响。大火烧出去七八十米远，正要接着往下面烧的时候，风向突然转变，大火很快熄灭了。

苏宇说："到最后可能还是大爹帮我们把火扑灭的。"

这次以后，我们去上坟不再烧纸钱，而是花钱买几束鲜花放在坟前。

我一直觉得纳闷，都说人去世以后会托梦，在梦里和在世的亲人见上几面。但是哥哥去世这么多年，我从没有在梦里见到过他。我也没有梦见过父亲和母亲。倒是我爱人经常梦到我哥哥，她醒来以后跟我说："梦里见到老汉，他还活着。"

我听到以后难过得直掉眼泪。

第二十三章

两兄弟 2013 年

大学毕业后，永兴分配到内蒙古自治区人民医院设备科，负责设备维护保养。有趣的是，永兴大学读的也是包头钢铁学院——跟四子同一所学校。作为老小，上面有四个姐姐和一个哥哥，他还是比较幸运的，没怎么吃过苦头，生活工作都比较顺。

他在工作的第三年就买了房。那会儿房价刚开始涨，中介也很少。永兴没有找中介的念头，他跟三子每天骑着自行车满呼市转。后来遇到三子同学的同事要卖单位的团购房，他在团购房款的基础上加了八万块钱卖给永兴。房子还挺宽敞的，一百三十多平方米，市场价每平方米二千四百元，总价不到三十万。

四个姐姐和一个哥哥一起帮忙凑钱，把这套房子买了下来。

2012 年夏天，永兴在内蒙古自治区人民医院工作第六年的时候，经过朋友介绍，跟一个叫张晓燕的女生认识。女生在铁路检察院做检察官。

大家觉得好像彼此还挺合适的。听说女生细心贤惠，有一次去永兴住的地方，还顺手把衣柜里的衣服叠得整整齐齐。

永兴三十多岁了。按照我们那个年代的风俗，男生到了二十多岁不结婚，一辈子就要打光棍了。我和我爱人都催他抓紧结婚，他却一点都不着急。莲子跟她爱人一听说永兴找了个女朋友，就喊着带他俩出去自驾游。

考虑到国庆长假，去别的地方基本上人多堵车。最后，他们选了靠近东北一个叫多隆的地方自驾游，这个地方草地肥美，而且盛产玛瑙。他们几个去玩了三天就回来了。因为路程远，路上来回花了一天时间，他们真正玩的时间就两天。

莲子和她爱人的意思是，希望通过家庭成员之间的接触，督促他们早点结婚。在这个过程中，大家相处得都还挺好的。

永兴的婚礼基本上是莲子一手给张罗的，筹备婚礼期间需要用到的所有生活用品也是莲子帮忙买的。莲子蛮操心的，很多事情都考虑得周到细致。

大家跟永兴开玩笑说，他有五个妈妈，说的就是一个老母亲和四个姐姐。永兴是老小，基本上有点事，四个姐姐和一个哥哥都冲在前边。

永兴订婚，也是莲子带着我们去的。双方父母坐在一起吃饭，聊一聊双方有什么需求。我觉得结婚是年轻人自己的事，只要他们双方看对了眼，我们都支持。现在不像过去，不需要父母亲包办婚姻。

第二年五月，两人结婚办了酒席。

第二十三章 | 两兄弟（2013年）

（上）冬天的浑河
（下）2012年10月，好来沟

因为呼市距离和林县城很近，开车也就半个多小时路程。结婚前，永兴每个月都要回来两次；结婚以后，他还是坚持每个月回来一次。当然，更多时间还是莲子在照顾我们，她有时候一个星期能过来两三次。

想当初有了苏宇以后，我们夫妻俩还想再要一个儿子，其实有部分原因是希望多个兄弟互相照应。就像我有个哥哥，哥哥一生都在照顾我一样，我希望苏宇和永兴他们兄弟俩也能像我和我哥哥一样，彼此照顾，相伴一生。

只是我们没有想到，我爱人的左腿居然连续做了三次手术。

2013年，我们已经搬到和林格尔县城定居，我爱人在院子里干活的时候不小心滑倒了，倒在院子里的水泥台阶上，台阶下是一条小水沟。

她左腿摔骨折了，整整断成三截，之前是髋关节坏死，这次是腿摔骨折。

这一次，我带我爱人在内蒙医院（指内蒙古自治区人民医院，简称内蒙医院，这次选在内蒙医院做手术是考虑到永兴已经在内蒙医院上班，他在医院设备处工作）做手术，给骨折处上了钢板。

哪里想到一年以后，我爱人又做了一次手术。一方面是因为我爱人本身有糖尿病，身体恢复得比较慢。另一方面，断成三截的骨头安装钢板后出了问题，上面断裂处长得比较好，下面骨折处没有长好。

这一天，我爱人因为要喂羊，走了很多路程，晚上上炕睡觉时，下

第二十三章 两兄弟（2013年）

面骨折处的钢板嘎嘣一声，断了。

说实话，两年时间，我爱人连续做了两次比较大的手术，确实蛮痛苦的。做完手术后，她腿脚行动不方便，心里老觉得自己什么事都做不了，怕拖累大家。可能是岁数大了，她特别爱唠叨，有点东西了就想到几个孩子，给他们拿点吃的喝的，老是想着怕这个拿得多了，那个拿得少了。

以前家庭困难的时候，她也是这样，除了照顾我和孩子们，也经常要考虑我父亲母亲和哥哥，这已经养成一种习惯。

孩子们长大以后，天各一方，有的在身边，有的在外地，难免让父母心有各种牵挂。

遇到春节吃年夜饭，或者是年初三、初四女儿他们回来，大家坐在一起吃饭，要是谁吃得少了，她觉得他没吃饱，她会把这个事唠叨一年。下次回来，得把这顿饭重新补回来，让他吃得好好的，她才能停止唠叨。

做手术以前，我们家如果哪顿饭没有剩下饭菜就属于没吃好，每顿饭都会有剩余。她是故意多做，就怕某一个人吃不饱、吃不好。当然，也可能是我们都经历过饿肚子的年代，特别害怕吃不饱饭饿肚子。

六个孩子都长大了，加上他们的孩子，我们家有二十三口人，聚齐了能把两张桌子都坐得满满当当。后来，四子去了澳大利亚，不太方便回来，大家难得聚在一起。每年春节，基本都是莲子、苏宇、永兴他们几家回来吃年夜饭，也就十几个人，一桌也坐不下。有时候在楼房，有时候在平房。到了年初三、初四，二子和三子两家人回来，相对人多一点。

看到孩子们家庭幸福、事业有成，我们心里确实非常舒畅，在这个世界上没有比这更让我们高兴的事了。

苏宇是工科生,他的职业规划和战略目标都非常清晰。他从小就是这样,做事情非常专注。

造工厂的四年时间里,苏宇基本上吃住都在江苏常熟的工厂里。公司已经运转良好,研发部门、营销部门、产品部门各司其职,几乎不需要他怎么操心。

因为没有造工厂的经验,大家全部从零开始,感觉像二次创业一样。日本大金的老板去了他们工厂,都竖大拇指赞叹不已。在设计工厂时包括货车怎么进、怎么出,将来生产的车间里料怎么进、怎么出,电瓶车叉车怎么走,货怎么放,所有繁杂的细节都经过设计和规划,这个工厂完全是从人性化和实用性的角度去设计的。从某种意义上来说,这个工厂是大家用时间精雕细琢出来的。

说难听点,哪怕是一套两百平方米的房子,装修完了也可能会发现各种问题,何况是占地三十六亩的园区?工厂造好以后,没有一处面积是浪费的。整个工厂无论从形象、实用性,还是从未来的升级迭代,安全环保的配置,都达到一流水准。

工厂造好以后,苏宇去读了中欧国际工商学院,向世界级的企业学习。

苏宇认为,做战略决策的时候,越需要专业和信息量,没有专业和信息量,做生意就只能赌命。运气的背后都是专业,可能这是理工科跟文科最大的区别。

第二十三章 | 两兄弟（2013 年）

2013 年春节，我和老伴

文科生可能更感性，有时候不会那么严谨，而理科生做每一个决策都是要有数据支撑的。包括做工厂的位置选择；在选择江苏常熟的时候，苏北有个城市要白送土地让苏宇过去建厂，他最后还是拒绝掉了。

如果单纯为了赚钱，苏宇说，多年前就完全不需要这么辛苦地奋斗。做事业需要把自己全部的时间精力投入进去，而且要对整个公司那么多人交代。这是两种截然不同的状态。

不说别的，这么多年下来，他们公司至少给行业节省了几十个亿的成本支出。

我希望六个孩子这一生都能做正直的、堂堂正正的人，做一个对社会有价值的人，无愧于心，无愧于天地，坚持做人的本性——向善，不要去赚昧良心的钱，不要给社会添麻烦。

我最开心的是：每个孩子都行得端，走得正，堂堂正正做人，踏踏实实做事。

用苏宇的话来说，除了自己的行业以外，还有更多赚钱的领域，但他从不掺和，只专注于自己的领域，只赚自己有能力赚的钱。就想带着一帮志同道合的兄弟踢足球，做一点让别人看得起的事，对社会行业有点用，这是他们这么多年真正的初心。

只要坚持初心，连老天都会帮你。

第二十三章 | 两兄弟（2013 年）

（上）2015 年夏，苏宇的工厂动工
（下）2020 年 4 月，和林格尔，苏思恺和我在院子里一起修凳子

第二十四章

澳大利亚 2018 年

我希望孩子们通过读书改变命运，然后走出去，到更远的地方，去见识更广阔的世界，但我没想到苏宇最后定居杭州，与和林格尔县城相距将近两千公里。四子就更远了，2012 年八月底，四子带上他们家的两个儿子去澳大利亚定居，那里距离和林格尔县城足足有一万多公里，坐飞机要十几个小时。

四子的爱人陈建国留在上海自己做公司，公司做的是股权投资。陈建国是安徽人。大学毕业以后，他们俩分配到江苏常州一个做制冷空调的工厂工作。

老实说，几个孩子毕业后都吃过不少苦头。

1997 年香港回归前，四子和陈建国在江苏常州简单办了婚礼。四子结婚时，苏宇还从上海赶过去了。四子他们在工厂借给他们住的小房子里摆了桌酒席，请单位同事十来个人吃了顿饭，然后把铺盖放在一起，住进工厂的一间职工宿舍。两个人是标准的裸婚，不仅宿舍里一无所有，两人结婚的时候甚至连件新衣服都没有。

当时，陈建国在工厂里做销售，四子在工厂里做技术。两人赚的钱刚好够吃饭，剩下的时间四子都用在复习考研上。她想通过考研，给自己找到更好的出路。

两年后，四子考上中科院研究生，到广州读研。陈建国到上海的一家公司做软件方面的销售。这家公司的几个股东都是复旦大学的学生，挂靠复旦大学，复旦大学在公司里占一些股份。

陈建国是公司元老之一，看着公司一步一步发展起来。在这之前，他在南京一家软件公司工作，正巧跟上海这家公司是同行。

三年后，四子研究生毕业，分配到上海水产大学当老师，生活慢慢安定下来。

四子带两个孩子去澳大利亚定居的这一年，正好赶上这家公司上市，陈建国不能说走就走。公司上市后，陈建国卖掉股权，实现财富自由，在第二年开始做投资人。不过，他不需要一直在一个地方待着，时间比较自由，可以上海和澳大利亚两地跑，两边每年差不多各待一半时间。

四子在澳大利亚，平时很少回国，更别说回老家和林格尔县城了。

我去过澳大利亚两次，说是去旅游，多半还是希望见见孩子们一面。

第一次是 2015 年底，年底是澳大利亚旅游的黄金季。第一次去澳

第二十四章 | 澳大利亚（2018 年）

2015 年 12 月，澳洲大洋路

大利亚，是四子的爱人陈建国帮大家统一订的机票，然后他亲自带队，护送我们过去。他大概担心我们第一次去国外，有点不放心。

苏宇公司业务太忙了，走不开。莲子、二子和三子陪我一起过去。四子说，大家好不容易来一趟，多玩段时间再走。

四子考虑到开车带我们出去不方便，更不安全，不如跟团游，就报了旅行社，带我们几乎把整个澳大利亚能去的地方都跑了一遍，包括大洋路和大洋路上最著名的景点十二门徒岩，那里的风景确实很漂亮、很壮观。听说很多电影大片都是在那里取景。

旅游原本是一件很开心的事情，但一路下来又觉得很辛苦，累得走不动。我倒还好，每次都是我把他们远远地甩在后面。我身体体质还不错。

回来的时候四子开车把我们送到墨尔本机场。这一次，我们在澳大利亚足足待了三个星期。

第二次去澳洲是在 2018 年底，永兴带阳阳和我，我们三个人一起过去。

不过这次来我明显感觉身体吃不消了。可能是由于澳大利亚的氧气浓度太高，有点晕氧，每天觉得头闷、胸闷，一天到晚浑身不舒服，我哪里都没去，就待在家里休息。四子开车陪永兴和阳阳出去玩。陈建国和他家里老二在家里陪我。

四子在墨尔本换了套更大的别墅，有七八百平方米，前后各一个院子，后院还有一个游泳池。

我去的时候，四子家里的两个孩子一个在读中学，一个在读小学，

第二十四章 | 澳大利亚（2018年）

两人每天上学都需要四子接送。早上八点不到，四子开车出门，先把老二送去学校，接着再去送老大，晚上六点左右再去接他们。

四子老是说，国外的生活和国内很不一样，今天跑这里，明天跑那里，琐碎的事情非常多。以前在国内工作的时候实在忙不开，家里可以请个保姆，或者钟点工，但澳大利亚这里没有人请保姆或钟点工，因为人工费非常贵，所有的事情都要自己做，除非自己做不了。

四子买第二套房就是想找个更好的位置，把孩子送到更好的私立学校，给孩子提供更好的教育。

可能是我喜欢读书的习惯影响了六个孩子，他们都非常喜欢读书。当然，回过头来看六个孩子，我觉得很知足。他们家庭都很和睦，尤其在对子女的教育上，都是言传身教。跟我们那个年代比，他们的教育理念更先进，我们的教育理念已经跟不上现在的年轻人了。

第二十五章

尾声 2023年

三年疫情过后,我在县城里看见王介民,他已经八十四岁了,身体一天不如一天。最后一次听说他的消息,说他卧病在床,已经下不了地。不过他两个儿子蛮有出息的,都是大学生。大儿子在北京开了家医疗公司,销售医疗器械,赚了很多钱,夫妻俩一直没要孩子,经常给父母很多零花钱。

王介民是我共事时间最长的老同事、老朋友。在工厂工作的十年里,我们吃住都在一个宿舍,无话不谈。退休后,托子女的福,他搬到和林格尔县城居住,我们依旧经常碰头,那种融洽的感觉还是跟过去一样。

说实话,我们都老了,儿女都不在身边,有时候还是会觉得有点孤独。不过我们家里有四个女儿,都说女儿是贴心的小棉袄,四个女儿跟我爱人单独建了一个群,那叫一个热闹。她们每天都在群里聊天,好像有说不完的话。其实我知道她们是怕老母亲孤独,怕她越老越没有安全感。

2024年8月，回好来沟路上路过浑河边合影（从左至右：吕慧、苏宇、陈建国、汤树林、我、苏灵芝、苏宇清、张晓燕、苏永兴）

第二十五章 | 尾声（2023 年）

早上七八点钟，开车去公司上班的路上，三子就开始在群里跟老母亲聊天，然后整个上午，莲子和四子接着陪老母亲聊天。二子在医院里工作比较忙，可能就在中午或晚上休息的时候客串一下。

这已经成了一种习惯。

实际上，自从有了微信以后，四个女儿就开始通过这种方式陪伴她们的老母亲了，有时候还时不时在群里发发红包。

有必要简单交代一下这几年六个孩子以及他们的孩子们的近况——

2022 年国庆前后，常江的爱人生了个大胖小子。

因为苏宇在杭州，汤兆涵在浙江大学读完研究生，毕业后留校工作。她爱人是浙大的博士，毕业后分配到浙江省发展规划院，小两口已经完婚。

三子在苏宇公司做财务，早几年，几个兄弟姐妹帮忙凑钱，在公司附近买了套一百四十多平方米的房子，三子的孩子大学毕业后，分配到上海铁路局杭州电务段工作。

四子家的老大考上墨尔本大学，在读大一；老二在读七年级，相当于国内的初一。四子家的老二跟苏宇家的老二同岁。

苏宇家的三个孩子苏思嫡、苏思瑗、苏思恺，都还在读书。

永兴家的孩子阳阳在读小学。

算起来，我退休已经十年了，爱好还是跟以前一样。就是最近几年耳背，需要戴上助听器才能跟别人正常沟通，不然听不到别人在说什么，除非对方很大声。

可能是人老了,总会忍不住回忆过去。想起这一生,我有太多说不完的话、讲不完的故事,可能很多故事对孩子们来说,很老旧,不新鲜,也很陌生。但是对我来说,哪怕过去几十年,回想起来好像就发生在昨天一样,非常生动,非常鲜活,这些属于我的回忆和故事,我比任何人都更能理解我的亲人、故乡,以及隐忍而沉默过的时代。

我老了,更加知晓时间的珍贵。

也许对孩子们来说,我花这么多时间写下这些故事最大的价值在于:

我们知道自己是谁,来自何处,走向何方;

知道我们活过,爱过,感受过;

知道曾经发生在父辈和父辈的父辈身上的故事,都饱含了热泪、苦痛、心酸、孤独、沮丧、幸福、喜悦等我们感受和经历过的每一种情感;

知道生而为人,必须是正直的、善良的、积极的、向上的、宽容的、热情的,始终不忘初心;

知道父辈有父辈的使命和责任,他们有他们的使命和责任,他们和他们的孩子理应比我走得更远,能比我看到更广阔的世界,有更深远的思想,能够为自己、为这个时代做出一些应有的贡献……

不过想想也是,回想起过去,越是艰难困苦的岁月里,越觉得有说不完的故事;反倒是退休以后,生活确实越来越安逸,似乎没有发生过什么惊天动地的故事。或者说，有时候觉得生活里发生的故事根本不值一提，至少跟过去比，总有些寡淡无味。

但不管怎么样，我也在试图了解孩子们的故事。过去、现在和未来，故事和故事，我们和他们，一代一代都是需要传承的。

孩子们可能希望我能有什么寄语，说实话，我只希望所有的家人们都能健康、平安、快乐。

人生最幸福的就是我们正在经历的平淡时刻。

终于，我的故事讲完了，未来的故事就靠他们来续写了。

2023 年 5 月 7 日二稿

2023 年 10 月 20 日三稿

2024 年 1 月 1 日四稿

2023年，我在和林格尔的家里开始写回忆录，我想将父辈和自己的一生记录下来

附录

传记年谱

1941 年　我出生于绥远省和林格尔县新店子镇好来沟村一个简陋的窑洞里。中国正遭受着日本帝国主义的侵略，人们生活在水深火热中。

1943 年　母亲和三叔三婶一起在大西梁凹的山坳里帮别人收秋时，被一只狼咬伤，差点没命。内蒙古的荒野里野狼很多，经常进村叼猪羊鸡等家禽。

1944 年　父亲被日本人抓住，严刑拷打。

1946 年　我五周岁，加入村子里的儿童队，在村口站岗放哨。敌占区的土匪经常进村扫荡，为了第一时间通知村民逃命，村里的领导在村东面的碾子山山顶立了树杆和钟，通过放倒树杆、敲钟，给大家报警示意。

1949 年　十月一日，中华人民共和国成立，百废待兴。土匪不见了，政府通过发放农具、贷款等措施，鼓励和扶持农民发展生产，人们开始过上丰衣足食的生活。我这一年开始读村小。父亲戒了大烟，改头换面，重新出现在我们的视野里，开始干农活，做布匹生意。

1958 年　村里有了人民公社。我们跟大伯和三叔分家，我和父亲、哥哥，在新的宅基地上开始建造房子。

1959 年　我十八岁这年，村里有了初中，我重新回到学校读初中。从村小开始，读书一直读得断断续续，等到我初中毕业，已经到了虚岁二十一岁。

1961 年　我考上内蒙古农牧业机械化学校机械维修专业，不到一学期，因为中苏关系恶化，工厂停办，学校停办，辍学回家。

1962 年　经过媒人介绍，我和赵玉梅相亲。赵玉梅来自山西右玉县黄家窑村，家里很穷，经常吃不饱穿不暖。

1964 年　时值冬天，刚下过一场雪。我和赵玉梅结婚。

1966 年　大女儿苏宇清出生。

1969 年　二女儿苏灵芝出生。也是在这一年，我们跟父亲、母亲和哥哥分家。说是分家，实际上只是名义上的分家，大家还住在一个院子里。

1971 年　三女儿苏宇婧出生。

1972 年　我应聘到新店子修造厂做电焊修理工，开始捧铁饭碗，每个月工资三十到五十块钱，上班两个月相当于在生产队里干一年的收入。

1973 年　四女儿苏永玲出生。

1975 年　我在新店子修造厂工作的第四年，长子苏宇出生。这是我一生中最高兴的日子。

1976 年　四月六日凌晨，和林格尔发生 6.2 级地震，六十七个乡镇受灾。这次地震可能改变了和林格尔的地质结构，浑河从此以后再也没有出现浩浩荡荡的壮观气象了。也是这一年，新店子镇一分为二，分为新店子和新丰两个乡镇，我随后转到新丰修造厂工作，单位还给分配了一间工厂宿舍。

1977 年　我爱人赵玉梅带上孩子，跟我一起住进新丰修造厂的宿舍。三女儿苏宇婧留在好来沟村陪伴爷爷奶奶和大爹。

1980 年　农村分配土地，我们家里分到近九十亩地，农田的耕耘收获活计全由哥哥一个人包揽。新丰修造厂解散，整个修造厂只剩下我一个人。

1982 年　次子苏永兴出生。这也是我们家最富裕的时候，年收入过万，成了村子里第一个万元户。

1986 年　大女儿和二女儿同时考上中专院校。大女儿考的是内蒙古建材工业学校，二女儿考的是内蒙古医学院卫校。冬天时，父亲苏二小去世。父亲去世前，我们在新店子镇的宅基地上拉石头建造新房子。

1987 年　秋天，全家搬进新店子镇的新房子里，新房子距离浑河只有一两百米远。造这套房子，花了七千块钱，这在当时算得上是一笔巨款。那时候羊肉六毛钱一斤。

1989 年　二女儿中专毕业，到处托人找工作。母亲郭二鱼去世。

1991 年　元旦前后，大女儿苏宇清和常芳放结婚。这一年哥哥五十八岁，出现轻微脑血栓，在二女儿所在的包头医院治疗。哥哥也把六七十亩地转给了堂兄弟，自己只留下二三十亩地。

1993 年　我爱人摔倒在地，拖了两年去医院检查，才知道是髋关节坏死，必须手术。

1994 年　苏宇考上中国纺织大学（后更名为东华大学）。

1995 年　正月十六，我带我爱人去专业的骨科医院包头市第三医院做手术。二女儿怀孕。

1997 年　四女儿苏永玲和她爱人陈建国在江苏常州举办婚礼。

2003 年　苏宇和吕慧分别在杭州和和林格尔县城举办婚礼。

2004 年　按照苏宇的意愿，我把修理铺转让掉，回到和林格尔县城定居，开始了自己的退休生活。我和我爱人搬到大女儿在县城里南山公园门口的房子里，一住就是十几年。

2006 年　苏宇在杭州创业，创办公司。初创时整个公司不到十个人，在机场路办公。

2008 年　我第一次去杭州，住在苏宇家。这一年，苏宇的公司开始步入正轨。

2009 年　夏天，实在不放心哥哥一个人住在农村老家，为了方便照顾哥哥，我租了一辆三轮车回到好来沟村，把哥哥接到县城里来住。

2010 年　元旦后，我的哥哥苏金生在吃早饭时去世。

2012 年　四女儿苏永玲带他们家两个儿子定居澳大利亚。

2013 年　苏永兴结婚。婚事全程都是由大女儿苏宇清帮忙操办。

2015 年　南山公园拆迁，我和爱人赵玉梅从大女儿的房子里搬出来，住到永兴给买的房子里。

2016 年　苏宇在江苏常熟的工厂落成投产。这一年，公司员工一百六七十人，营收达到 1.5 亿元，细分市场占有率达到 50%。

2018 年　苏宇的公司从机场路搬迁到钱塘江南岸望京一千四百平方米的写字楼里。这一年冬天，大女儿、二女儿和三女儿陪我去澳大利亚看望四女儿苏永玲。